ヴィヴァーチェ　宇宙へ地球へ

あさのあつこ

角川文庫　17861

目次

ヴィヴァーチェ　宇宙《そら》へ地球へ

一章　大いなる危機

兵士はマントを身につけていなかった。最初に目にしたときと違うのはそれと頬の血がきれいに拭《ぬぐ》い去られていたことだけだ。頬に傷跡がないのは、あの血が兵士のものではなかったからだろう。この美しい護衛士官は誰かの返り血を浴びたのだ。

特殊繊維の黒い防護服の上下、黒いブーツ、黒いフード。そこからのぞく端整な顔からは、やはり何の感情も読み取れなかった。人間ではなく、戦闘用の精巧なマースのようだ。

同じだ。燃える城を背景として出会った時と何も変わってはいない。光子銃を構えているのも、ヤンの胸元にぴたりと向けられている銃口が微動だにしないのも同じだ。

「誰も姫に会わせるわけにはいかない」

唇だけを動かして、兵士は言った。

「当分の間、わたしたちのキャビンに誰も近づくな。必要があれば、こちらから連絡する」

「あんた、なんでおれたちの話を……このドアは完全に音を遮断するんだ。立ち聞きなんてできっこないはずだ」

兵士は黙したままだ。僅《わず》かな笑みさえ浮かべない。

「あっ、もしかしたら」

頭の中に小さな閃光《せんこう》が走った。ヤンはしゃがみこみ、テーブルの下を探る。何もない。起き上がり、辺りを見回してみる。

花瓶の中で咲いているバラ、その花弁の真紅が目を射た。

あれか。

バラを引き出し、花瓶を逆さに振る。造花には水はいらない。花瓶の口からは水のかわりに小さな丸い機器が落ちてきた。テーブルの上で跳ね、転がる。ユイが素早く摘《つま》み上げた。

「盗聴器、ですね」

「いつの間にこんなものを仕掛けたんだ」

タニの頬が瞬く間に紅潮する。返事はない。代りのようにユイが声を大きくした。

「おれたちがコクピットで発進準備に没頭していた時でしょうね」

反対にタニの声音は低く、重くなる。

「答えろ。何のためにこんなまねをした」

兵士の紅《あか》い唇が動く。

「おまえたちがどういう人間なのか、敵なのか味方なのか見極めねばならないからだ。おまえたちの会話は全て聞かせてもらった」

「見極める？」

タニの眉《まゆ》がこれ以上ないほどにひそめられた。

「おい、兵隊さん。それはどういう意味だ。おれは、あんたたち城側と契約したんだぜ。契約した時点で、おれのことを信用してたんじゃないのか。え？　仮にも第一王位継承者を乗せようというんだ。あんたたちなりにおれのことを調べ上げたはずだろう。調べた上で、緊急の脱出用の船として雇ったんだろうが」

「そうだ」

「だったら、何も盗聴器なんぞ仕掛けなくてもいいだろう」

「用心に越したことはない」

「それは、おれたちを百パーセント信用していないって意味か」

兵士は肯定も否定もしなかった。

「おまえは、信用しているのか」

兵士が顎《あご》をしゃくる。視線がヤンたち乗組員の上をすっと撫《な》でて通った。

「ここにいる者全員を百パーセント信じられるのか」

タニが静かな口調で答えた。

「当たり前だ。宇宙に出て仲間を信用できなけりゃ、とんでもないことになる」

甘いなと、兵士は言った。冷ややかな笑みが浮かぶ。

「百パーセント信用できる者など、どこにもいないだろう」

笑みを伴ったにしては、重く暗い一言だった。聞いた者の心にずしりと被《かぶ》さってくる声音だ。

絶望の色を帯び、慟哭《どうこく》の響きがある。それは、湖面に落ちたただ一滴の血の雫《しずく》に似て、瞬く間に消え去ってしまったけれど、ヤンには確かに感じられた。

「裏切られたのか」

思わず口にしていた。

「きみは、仲間に裏切られたのか」

「わたしが裏切られた？　そんな間抜けに見えるか？」

「どうなんだ！」

兵士は冷笑を浮かべたまま、挑むように顎を上げた。

「間抜けには見えない。しかし、もし、きみが王女を連れているのなら、なぜ一人なんだ？　きみが幾ら腕が立つとはいえ、王位継承者を護衛するにはあまりに少なすぎる」

「そういやあそうだげな。王女さまだものな、フツーでも取り巻きがいっぱいいるはずよな。まして、命がけの脱出となりゃあ……一人ってこたぁねえだろうがよ」

ドルゥが生真面目な表情のままうなずいた。

「そう、一人なんて考えられない。考えられるとしたら、護衛の兵がことごとく殺《や》られ、きみだけが残った……。城を脱出するときには、きみとあの女官だけしか残らなかったんだ。反乱軍の攻撃がそれほど熾烈《しれつ》だったのだろうが、王家を守るべき護衛軍がそう簡単に崩れるとは思えない。まして、脱出用の船まで周到に準備していたとしたら、そこにたどり着くまでの準備も抜かりなかったはずだ。それが実際は、おれを脅してキッズを利用しなければF－10ポイントまで辿《たど》りつけなかった。それはなぜだ？　きみの仲間の中に裏切り者がいて、内部から崩れたからじゃないのか」

ふっと風を感じた。兵士を包む冷え冷えとした風を感じる。

誰もが死んだ。残ったのは一人。もしそうなら、それはあまりに凍《い》てついた光景だ。

「勝手な詮索《せんさく》はそこまでにしてもらおう」

兵士はまだ笑っていた。凍て風のような微笑だ。

「おまえが何をどう詮索しようと自由だが、あまり好き勝手に妄想を膨らませてもらっては迷惑だ。仲間とは、しょせん他人の集まりだ。百パーセント信用などできるわけがない。信じるのは構わないが、そこに緩みや甘さがでてきては困る。わたしは、そう言っただけだ」

「ところがな、兵隊さん。いったん、宇宙に出ちまうと仲間を信用できない疑心暗鬼の方がずっと困るんだ。まぁいい。ここで『仲間と信頼』について論議しても始まらないからな。ところで、あんたの名前は？」

タニが問う。兵士は黙している。視線をヤンからタニに微《かす》かに動かしただけだった。

「名前なしのまま、すごすつもりかね。乗船名簿にサインもできないようじゃ、我がヴィヴァーチェII号のお客として認めるわけにはいかないぜ。いいか、ここのところを誤解してもらっちゃ困る。あんたが地上でどれほどのお偉い方かは知らないが、ここは船の中だ。地上の身分なんて毛の抜けたブラシほどの役にもたたないんだ。いいな、これからは全て船長であるおれの指示に従ってもらう。盗聴なんて、こんな無礼で卑劣なまねは今後一切、許さないからな。それに、光子銃なんてぶっそうな物をちらつかさないでもらいたい。そんなもの、ぶっぱなして機体や機器が損傷してみろ。おれたちは宇宙の真ん中でにっちもさっちも行かなくなるんだ。あんたもあんたが必死で守ろうとしている貴いお方も助からないぜ。あんたの頭の中に詰まってるのが、藁《わら》クズじゃないなら、おれの言うことがわかるだろうが。ここには、あんたの敵はいない。けど、あんたがそんな勝手な片意地な態度をとるなら、おれたちは誰一人として、あんたの味方なんかにゃならないからな」

「小型艇につっこまれて、宇宙に放り出されるぞ、お若いの」

ミュウが髭《ひげ》の先を指でしごく。

「船長の言う通りさ。銃をぶっぱなしたり、身分をちらつかせても通用するのは地上だけ。船じゃ何の役にもたたん。諍《いさか》いをしないで、自分の分担の仕事に精をだして、仲間と楽しくやる。平和主義でないとやっていけないのが、船ってもんさ。なぁ船長」

「まったくその通りで。色紙に書いて貼り出したいぐらいの名言ですな、先生。ちょっと見直したよ」

「だろ？　我ながらさえてると思うよ。むふふふ」

兵士はミュウの得意顔を一瞥《いちべつ》すると、視線を再びヤンに戻した。

「ともかく、その警戒的な態度を少し緩めてもらわんと困る」

タニが光子銃の先をさも嫌そうに見つめ、かぶりを振る。

「あんたがおれたちを信用できないなら、とっとと『リビング』から出て行ってくれ。あんたはクルーとは違う。一生、キャビンに引っ込んで、そこでミイラになったってちっともかまわないさ。ただし、光子銃はおれが預かる。それと、引っ込む前にこいつに、あんたの連れを紹介してもらうぜ」

「断る」

「船長の命令だ」

タニの一喝が響いた。

「あんたは客だ。客としてもてなしてやる。船長室を特別キャビンとして譲ってやるし、食事も運ぶ。船内での自由も認める。おれの命令に背かない限りはな。いいか、覚えとけよ、若いの。あんたはここでは無力なんだ。あんたが本気であんたの姫さまとやらを守りたいのなら、捻《ね》じくれたプライドなんか捨てちまえ。おれたちを信用して、もっと素直になれ。それしかあんたたちが生き延びる途《みち》はないんだ」

タニは畳み掛けるように言葉を連ねる。一見、苛立《いらだ》っているようにも興奮しているようにも思えるが、その実、無表情の若い兵士に向かって、沈着に通告している。おまえのおかれた立場と状況をわきまえろ、と。

「人殺し以外にあんたにできることなんて、あるのか。え？　どうなんだ？　ロケットの操縦ができるのか？　修理や整備ができるのか？　玉子料理の一つも作れるのか？　掃除のやり方を知ってるのか？　ふふん、何もできないくせして、おれたちの話を盗聴するなんて小賢《こざか》しいまねをするんじゃないぜ」

銃口の先が僅《わず》かに動いた。

「それだけか」

「なに？」

「言いたいことはそれだけか」

タニとユイが顔を見合わせる。

「言いたいことはまだ山ほどあるが、どうやらいくらしゃべっても無駄なようだな。おれの言うことなんて聞く耳持たない。問答無用。そういうつもりか」

「いや」

兵士は光子銃を折り畳むと、ベルトの横に装着した。

「おまえの言うことには理がある。確かにおまえたちの協力がなければ、どうにもならない」

「ほぉ、頭の中身は藁クズじゃなかったんだ。安心したよ」

「ただ銃は渡せない。たとえ、船長の命令でもな」

「あんたの唯一の拠《よ》り所ってわけか。よかろう。銃の保管はあんたがしな。しかし、船内では一切、ちらつかせるな。武器なんか持ち歩いてもらっちゃ百害あっても一利なしだからな。無用に振りまわした場合は有無を言わさず取り上げる」

「わかった。船内では銃を携帯しない」

「けっこう。なかなかに素直な子だ。端《はな》からそうだと随分、手間が省けたんだがな」

タニは大仰な仕草で肩をすぼめ、首を横に振った。兵士が半歩、前に進む。

「もう一つ、言っておく。この船ごとおまえたちを雇ったのは、城の人間だということを忘れるな。報酬は前金で渡してあるはずだ」

「覚えているとも。だから、こうやってちゃんと脱出させてやったじゃないか。おれたちはあんたたちを目的地まで運ぶ。責任をもってな。引き受けた仕事は最後までやり通すのが商売の鉄則だ。契約を反故《ほご》にはしない。ただ……目的地ってのをまだ聞いていないが、まさか、銀河系の外じゃないだろうな。もしそうなら、割増料金を頂かなくちゃならん」

「VC1の遭難現場だ」

「はい？」

「VC1が海賊に襲われた現場へ向かってもらう」

「VC1って、オオタカのことか？　BIS《ビス》の最新鋭の大型輸送船の」

「そうだ」

タニの喉《のど》が上下に動く。ユイの息が荒くなった。

「オオタカが遭難？　何のこっちゃ？」

ミュウが兵士とタニの間で視線をうろつかせる。

「おれはそんなニュース、知らんぞ」

「公になっていないからな。クーデター直前のことさ。情報局も宇宙保安局もそれどころじゃなかったんだ。だからほとんど誰もオオタカの事件を知らない」

「事件？　ただの事故じゃないのか」

「先生、オオタカは襲われたんだ。それこそ大鷹《おおたか》に襲われた小鳥みたいに、やられちまった」

「襲われたって……誰にだ」

「ライだよ。バシミカル・ライ。そしてヴィヴァーチェに」

ミュウが口をぽかりと開ける。ドルゥは妙にうわずった声で「ライだって」と叫んだ。

「あの『ヴィヴァーチェの悲劇』のバシミカル・ライのことですかい。おれ、ただのお話かとおもってたがよ。まさか、ほんとうにいたなんて……船長、何、言ってるんでがす」

「そのまさかなんだよ。詳しいことはまた後で話すとして、おれはこの眼で宇宙海賊になったライとヴィヴァーチェを見たんだ。確かに見た。しかし、あんた何でオオタカが襲われたことを知っている？　いや、まあ、王家の武官なら情報の入手は容易《たやす》いか。なら、なぜあんな場所なんかに行きたがる。まさか、ただの見物旅行じゃないだろう」

「そうだ、なぜなんだ。友軍を集めるんだったら、各基地を回った方が得策だろうに。海賊に襲われた船の遭難現場だって？　冗談じゃない。わざわざそんな所に出向く理由がわからん。しかも、あのライがらみだなんて……おれはごめんだね」

ミュウがいやいやをするように首を振った。

「説明する必要はない。針路を遭難現場に設定してもらおうか。それが雇い主からの指示だ」

タニとユイが目配せを交わす。

「宇宙海賊が出没する宇宙空間へ行けってか。命がいくらあっても足らない話だ。銀河系外への旅の方が百倍も安全じゃないか」

「針路を設定しろ」

「冗談じゃない。おれには船の安全とクルーの命を守る義務があるんだ。謹んでお断りするね。城から貰《もら》った報酬は確かに大金ではあったけれど、ここにいる全員の命を危険に晒《さら》すにはあまりのはした金だ。あんなもので、この航海に命を賭《か》けろなんて、おれはこいつらに命令できないね」

くすっ。

兵士が笑んだ。唇がめくれ、冷笑が浮かんだのだ。

「報酬の上乗せを要求しているのか、船長」

「危険手当をいただきたいって、ごく当たり前の交渉をしてるんだ」

兵士の手が上着の胸に隠れる。その手は白い革袋をつかんで現れた。口を絞っていた紐《ひも》を解き、テーブルの上に中身をぶちまけた。

「うおっ」

ドルゥが悲鳴に近い声をあげる。ミュウも何かを呟《つぶや》いた。

袋からは大粒の宝石が幾つも転がり出たのだ。中にはヤンの爪ほどの大きさのダイヤまであった。一瞬、テーブルが煌《きら》めく光で埋まったように錯覚する。

兵士は三連になった真珠の首飾りをタニに手渡した。現実に存在しているとは思えないほど美しい真珠だ。底深く光を放ち、艶《つや》めいている。見入っていると恐ろしくなるような美しさだ。

「これは……王家の所蔵品か」

「王家だけが所有することを許された宝石の一部だ。これをおまえたちにやろう。わたしたちを目的地に無事に運んだあかつきには、もう一袋、報酬として与える」

「もう一袋ね……」

タニが大きく息を吐いた。

「全部、本物です、船長。これは……すごい」

ユイの声がかすれて震える。

「このダイヤ一つで金貨千枚はしますよ」

「ああ……。こっちの真珠なら、中古ロケットの一機や二機買ってもおつりがくるかもな」

タニは緩慢な動作で首を回し、兵士を見た。

「成功報酬として、もう一袋、もらえるんだな」

「それから、これも」

「約束する」

ドルゥが口笛をミュウが舌を鳴らす。

「どうする、みんな……と尋ねるまでもないか」

「ないな、船長。こんなお宝を見せられて嫌ですなんて断ったら、舌が腐って落っこちるぜ」

ミュウはルビーの指輪を摘《つま》み上げ、もう一度、舌を鳴らした。

「舌どころか、おれの大事なアレまで腐っちまいますがね。ああ、すげえ。何だか運が向いてきた気がしてきた。わくわくするがい」

手のひらにダイヤをのせ、ドルゥが息を吹きかける。

「ユイもヤンも異存ないな」

ユイが間髪をいれず答えた。

「まったくないですね」

ヤンは黙ってうなずく。

異存はない。目的地がどこであろうとかまわないのだ。それに部屋の空気は一変していた。タニを除けばまだ誰も宇宙海賊とやらを目にしていない。そんな幻に等しいものへの恐怖より、眼前できらめく宝石の魅力の方が数倍も勝っていた。この仕事をやり遂げれば、一生遊んで暮らせるだけの財が手に入る。抗《あらが》い難い魅力ではないか。理由なんてどうでもいい。行けというなら行こうじゃないか。このお宝のためにな。

みんなの眼つきがそう告げていた。

「では、目的地に関しては、全員、納得したわけだ」

タニは宝石の中から同じ大きさのダイヤを五つ選び出した。一人一人に手渡す。

「これは手付金みたいなもんだ。この特別報酬に関しては残りの取り分は平等、正確に五等分する、いいな」

「五等分だって。船長、あんた本当に太っ腹でがすね。尊敬しちまいますよ。きっかり五等分……すげえ金額になるんじゃねえですか。おれのお頭はくらくらしちまって、まともに歩けねえでやす。はは、タニ船長ばんざい。ヴィヴァーチェII号ばんざい」

ドルゥが両手をあげ、ひらひらと動かす。タニはにこりともしなかった。生真面目な顔つきでユィに命じる。

「残りの宝石を全部集めて隠し金庫に保管しろ。おまえが責任を持って管理するんだ。海賊に奪われちゃ元も子もなくなる。これはみんなの財産だ。絶対に奪われないよう細心の注意を払え」

「了解」

ユイが宝石を集め、袋にしまいこむ。その指先をミュウとドルゥが食い入るように見つめていた。まさか事前のうちあわせをしていたわけではあるまいがタニとユイの息はぴたりと合っていた。宝石の輝きと二人の言動に押され流され事が進んでいく。袋を握ったユイがタニに向かってうなずく。タニはパチリと音をたてて両手を合わせた。

「商談成立。ただちに針路を変更する。それでいいな。えっと……そうだ、あんたの名前をまだ聞いていなかった」

兵士はもとの無表情にもどっていた。その表情のまま答える。

「スオウ」

「スオウ？　本名か」

「わたしの唯一の名だ」

「スオウね。たいへんけっこうな名前だ。美しくて凛々《りり》しい。あんたにぴったりだな。では、スオウ、仲直りの握手をしようじゃないか。これからの航海、お互いにうまくやろうぜ」

タニが差し出した手をスオウは一瞥《いちべつ》しただけだった。手袋を取ろうともしない。

「遠慮しておく」

おいおいとタニは顔をしかめたが、気を悪くした様子はなかった。

「おれたちと手を握りたくないってわけかい」

「もう少し、様子を見てからだ」

「えらく用心深いな。ここにきてまで握手すら躊躇《ちゅうちょ》するのか。あんたはおれたちの協力が必要だと言い、ドルゥのお頭がくらくらするほどたんまりと追加報酬までくれた。そのくせ、おれたちのことをまだ警戒している。矛盾してないか、スオウ」

「彼がいるからな」

スオウの黒い眸《ひとみ》がヤンを突く。突き刺すほどの険しい視線だった。

「彼は信用できない」

身を乗り出したヤンを制し、タニが問うた。

「どういう理由で？」

「彼は姫に固執している。自分の妹だと妄想を抱いて近づこうとしている。危険だ。彼がわたしたちの敵となる、あるいはすでに敵である可能性は高い」

「馬鹿な」

ヤンは吐き捨てていた。ナコに対する想いを、固執だの妄想だのの一言で片付けられてたまるか。

「おれは妄想なんか抱いていない。あの少女が本物のウラ王女なら固執どころか何の興味も持たない。おれの妹は、きみと同じ黒服の護衛士官によって城へと連れ去られた。その妹とウラ王女はそっくり、瓜二《うりふた》つなんだ。きみが姫、姫と呼んでいる少女が本物の王女なのかおれの妹なのか確かめる権利がおれにはある」

「権利だと」

スオウの頬にまた冷笑が宿った。

「そんな権利は誰にもない。あの方は唯一にして第一の王位継承者ウラ王女殿下だ」

ドクター・ミュウがふわりと欠伸《あくび》をもらした。

「城は燃え落ちたんじゃないのか。国王だってすでに処刑されたんだろ。今さら王位継承者なんて何の意味もないと」

ミュウは最後まで言うことができなかった。喉元《のどもと》に短剣をつきつけられたのだ。

「今度、そんな口をきいたら」

白刃をミュウの喉にあてたまま、スオウは冷え冷えとした声で告げた。

「おまえの喉を掻《か》き切る。覚えておけ」

「わっ、わかった。にっ、二度と言わん」

ミュウが宣誓するように右手を挙げる。スオウは短剣を納め、一歩、退いた。

「だめだこりゃあ」

タニが額を押さえ、ため息を漏らす。

「とんだトラブル・メーカーを客にしちまった。みんな、性根を入れてがんばってくれよ」

ヤンは小さく息を呑《の》み込む。

見えなかった。

スオウの動きを捉《とら》えることができなかった。いつ剣を抜き、いつミュウの背後に回ったのか。確かに眼を開いていたはずなのに捉えきれなかった。人のものとは思えない素早さだ。一瞬、ほんの一瞬だが魅せられる。

しかし、一瞬が過ぎ去った後、ヤンの思考回路は正確に乱れることなく作動し始めた。感心してばかりもいられない。そんな悠長な時間はないはずだ。

「スオウ、一つ訊《き》きたい」

スオウからは何の返答もなかった。かまわず続ける。

「きみの役目とは何だ？　王女を脱出させるだけなのか。それとも、無事脱出できたその後に、さらに為《な》すべきことがあるのか」

やはり返事はない。黒い眸の中には微《かす》かな揺らぎも現れなかった。

「おまえはどう思うんだ？」

問うてきたのはタニだった。

「これから、スオウが何をしようとするのか、おまえはどう考えている？　ヤン」

「反撃、だと思います」

スオウが見つめている。漆黒の闇のような眼だ。

「クーデターを起こした司令官側に反撃し、王権を奪回する。地上は制圧されたけれど、各宇宙ステーション及び惑星基地には王家直轄の軍隊が配備されているはずです。それを結集して反乱軍に挑もうとしている……おれはそう思いました。そのためには、核がいる。その核がウラ王女なんです。正統な王位継承者としての王女を核にすえなければ反司令官側の力を結集できない。王家への忠誠を誓う軍人たちを動かせない。逆にいえば、王女さえ生きていれば、反撃の準備を整えやすい。スオウ、きみは王女の命と共に王家の復興を託されたんだ。反乱軍を鎮圧し、もう一度、王制を復活させる。それがあんたの使命なんだろう」

「憶測だな」

「憶測だ。しかし、限りなく真実に近い憶測だと思う。きみはウラ王女を担いで、反乱軍と戦おうとしている」

「だとしたら、どうする？　逆らうつもりか？」

「いや。そんな意志はないな。軍務局の兵士は広場に集まった群衆めがけて、ロケット弾を打ち込んだ。非情で残酷な仕打ちだ。そんな仕打ちをする者が慈悲深い心を持っているとはとうてい思えない。司令官が支配者として君臨するなら、あの地は悲惨なありさまになる」

「だとしたら、我々に与《くみ》するのだな」

「いや」

強くかぶりを振る。スオウの眼が細められた。漆黒の光が凝縮し艶《つや》を増す。

「きみたち王族側の人間も同じだ。非情で残酷で無慈悲であることに変わりはない。家族から娘を奪い、人間に身分を貼り付け、搾取を繰り返す。同じだ。きみたちも司令官も同じだ。今度のクーデターだって、おれたちからすればただの醜い権力争いさ。毛色の違う二頭の狼が縄張《なわば》り争いをしてるにすぎない。スオウ、きみに訊きたいことがまだあった。あんたはおれの目の前でたくさんの人を殺した。その一人一人に命があり家族があるとちらっとでも考えたことはあるのか」

「いや」

「まるで考えもしなかったのか」

「余計なことを考えていれば殺《や》られる。一瞬の迷い、躊躇《ためら》いが命取りになる。それが戦場だ」

「なぜ、この世に戦場なんて作った。甥《おい》と叔父《おじ》と、どちらが王の座につくか……そんな権力争いのために戦場を現出させる。きみはそれを愚かとも罪だとも思わないのか」

「わたしは護衛士官だ。城を守り、王族を守るのが任務。そのために生きてきたし、生きている。他のことは何も考えない。考える必要などないからな」

「任務だから王女を守り、反撃に打って出るのか」

「そうだ」

「王女を擁立し司令官側と戦うことで地上にまた新たな戦場ができる。大勢の人々が死ぬ。血が流れる。きみ自身も数え切れないほどの人を殺すことになるだろう。それを厭《いと》い、恐れる気持ちはまるでないのか。戦いではない別の手段で王女を守り通そうとは思わないのか。王位継承者だからではなく一人の少女として、ウラ姫の命を守ろうとは僅《わず》かも考えないのか。戦いに担ぎ出すのではなく、静かで穏やかな暮らしをさせてやりたいと思わないのか。もしそうなら、きみは王女に一欠けらの愛情も持っていないことになる」

「ヤン、そこまでにしとけ」

ユイが眉間《みけん》と口元を歪《ゆが》める。その渋面が、少し言い過ぎたぞと告げていた。

「いや、止めなくていい。言いたいことは全部ぶちまけろ。つっかえていたものを吐き出すのも禍根を残さないコツさ」

「しかし、船長」

「いいから、しゃべらせておけ。ヤンの言っていること、納得できるじゃねえか。ユイ、おまえだってそうだろう。王だろうが司令官だろうが、そんなものくそくらえさ。どちらが権力を掌握したって、おれたちを人間として尊重してくれるとは思えない……うん、確かにそうだ」

「船長まで何を熱くなってるんです。おれたちは貨物船の船乗りですよ。平和論や人権論を振り回す前に、決められた仕事をきっちり片付けるのが筋ってもんでしょう」

「……う、まぁそりゃあそうだが」

「この仕事をうまく為し遂げられたら、宝石がもう一袋ですよ。我々のヴィヴァーチェII号は初仕事にして、クルー全員がこれからの人生、楽に食べていけるだけの儲《もう》けをはじき出してくれたんじゃないですか。この調子でどんどん稼ぎまくりましょう。この世は儲けた者が勝ち、金をつかんだ者が勝利者なんですからね」

言葉に詰まったタニに向かいユイがさらに言いつのる。二人の調子が初めてずれたようだ。小さな齟齬《そご》。タニがほんの少し眉《まゆ》をあげる。

「それが、おまえの哲学か」

「信念ですよ、船長」

タニが何かを言いかけたとき、甲高いアラーム音が鳴り響いた。警戒警報だ。

ユイとタニが同時に動いた。コクピットへと走る。ヤンも後を追った。

「ヤン、レーダー確認」

コクピットに走りこんだとたん、タニの指示が飛んできた。

「はい」

レーダー画面には五つの赤い点が点滅していた。レーダー情報処理の操作をする。

画面が切り替わると、ヤンは思わず唇を強くかみしめていた。

黒塗りのデルタ型戦闘機が映っている。やや幅広の三角がほぼ一直線に並んでいた。

「船長、R-YU336、軍務局の追撃用ロケットです。五機、近づいています」

「追撃用だって？　336ってのはシマフクロウのことか」

「そうです。通称シマフクロウ、最新鋭の無人追撃機です」

「くそっ、クーデターの最中だぞ。よくそんなもの飛ばす余裕があったたな」

タニは、さもいまいましげに舌打ちを繰り返した。

「王女を乗せたのがばれたんじゃないですか。あちらさんにすれば、王の娘なんてどうあっても生きててもらっちゃ困るわけだ。エンジン全開、スピード設定最高値」

ユイがスロットル（エンジンパワー調節レバー）を限界まで押し倒す。

「うーん、すごいな。貨物船とは思えない加速だ。この船、最高ですね、船長」

「当たり前さ。おれの初恋にして最愛の女なんだ。綺麗《きれい》で働き者で力持ちさ。ヤン、どうだ振り切れそうか」

「だめです。ぴたりとついてくる」

「うーっ、さすが最新鋭だけのことはある。いくらおれのヴィヴァーチェが器量よしでも戦闘機と競争して勝てっこねえか」

「ケンカしても勝てないですよ。この娘《こ》は運び屋だし、シマフクロウはプロの戦争屋なんだ」

ユイが早口になる。頬から顎《あご》にかけての線が強張《こわば》っていた。

「何とか逃げ切るしかないな。シマフクロウが五機だ。一度に飛び掛かられたらひとたまりもない」

タニの口元も強く張り詰めている。張りすぎて歪みが生じていた。

「相手のスピードが上がりました。距離を縮めてきます。今現在、４５０６宇宙フィート、4000、3504、3100……3000圏内に突入。間もなくレッド・ゾーン、異常接近危険区域に入ってきます」

ヤンの報告にタニの口元はますます歪み、震えた。

「くそう。どうしたら逃げ切れるんだ」

「手動に切り替えてはどうでしょうか」

「うん？　なんだと？　ヤン、何て言った？」

「手動操縦に切り替えるんです。今、我々はレーダー・ベクター（レーダー指示方向）を飛んでいます。それを一旦《いったん》オフにして、ルート選択をコンピューターから人間に移すんです」

「何のためにだ」

「混乱させるためです。シマフクロウは無人の戦闘機です。全てがコンピューター管理だ。逃げる相手を追撃するために最も効果的なようにプログラミングされている。ヴィヴァーチェがコンピューターどおりに飛んでいる限り、逃げ切るのは無理だ」

「手動に切り替えて、コンピューターの予知できない飛行ルートを選べってか」

「そうです」

「その飛行ルートってのはどういうもんなんだ」

「人間の頭……というより、とっさの閃《ひらめ》きで選んだものです。人間にしかできない飛び方をするんです」

「閃きって……じゃあ具体的なルートは」

「ありません」

「この追撃をかわせる具体策はないってことかよ」

「そうです」

タニとユイは顔を見合わせ、一、二秒黙り込んだ。

「よし、ユイ、全てを手動に切り替える」

「了解」

ユイの指が操作パネルの上で弾むように動く。ヴィヴァーチェII号のスピードが、がくりと落ちた。

「タニ船長。ヴィヴァーチェには戦闘能力があるんですか」

「ミサイルの二、三発は積んでいると、大口を叩《たた》きたいところだがそんな余分なものは一切搭載していない。貨物船は身軽でなくちゃならんからな。戦闘用の装置といえば中型の光子銃が両翼の付け根に一挺《ちょう》ずつ取り付けてあるだけさ。とてもじゃないがシマフクロウにたちうちできる代物じゃない」

「コンピューター制御ですね」

「そうだ。しかし、操縦用のコンピューターと連動している。こちらを手動にしたことで、あっちも同じ状態になっているんだ。ほら、そこさ。Q－2セクション『アナグラ』だ」

タニが指差した場所は透明な壁でコクピットと仕切られた狭い空間だった。人一人が入るのがやっとの小部屋だ。操縦席とよく似たつくりだが中型光子銃独特の水牛の角に似た握りが見える。

「ちょうどよかった」

「何がちょうどいいって？　おまえ、さっきから謎掛けみたいなことばかり……あ」

タニは勢いよく指を鳴らした。コクピットの中にその音が響く。

「なるほど、使えるやつが一人いたな。よし、ヤン、すぐに指示を出せ。残りのやつらには安全ベルト着用の指示だ」

「はい」

ヤンは船内放送用のマイクを手に取る。

「スオウ。コクピット横のQ－2セクションに来てくれ。これから全てを手動操作に切り替えて戦う。銃の操作を頼む。聞こえているか。すぐに来い。他の者はベルト着用。緊急事態の体勢。ベルト着用、緊急事態の体勢。スオウ、時間がない。早く！」

「あいつが来るかな」

操縦桿《そうじゅうかん》を握りユイがちらりとヤンを見た。心なし顔色が悪い。

「わかりません。ただ……あっ、シマフクロウが現れました。肉眼で捉《とら》えられます」

「よし、ユイ、エンジンの出力を抑えろ。ぎりぎりまで引き付けるんだ」

「了解」

「さぁやるぞ。ふふ、久々におもしろい経験ができそうだ。わくわくするぜ」

「船長、元気ですね。おれは吐くほどどきどきしてますよ。心臓がいかれそうだ。貨物船に乗り込んで戦闘機とどんちゃか騒ぎになるとは夢にも思ってなかったもんで」

「おまえの足元に転がってる袋の中身のことを考えてみな。シマフクロウなんてどうでもよくなるさ」

「ああ、お宝の袋か。ダイヤ、ルビー、エメラルド、ダイヤ、ルビー、エメラルド、お宝、お宝、金貨千枚……ふふん、けっこうな呪文だ。よく効くぜ。ヤン、敵との距離は」

「1126、20、1115。レッド・ゾーンに入りました」

手元に影が過《よ》ぎった。微《かす》かだが花の香りを嗅《か》いだ気がした。何の花かわからない。

いつかナコが飽きることなく摘んで遊んでいた、白い小さな花だろうか。

「おや、役者が揃ったようだぜ」

タニが短く口笛を吹いた。

顔をあげる。

スオウが『アナグラ』に滑り込み、座席に着こうとしていた。花の香りなどどこにもない。匂うわけがないのだ。

マイクを使い連絡する。

「スオウ、操作は全て手動だ。本機がどう動くかも指示できない」

「了解。準備完了」

スオウは、ヤンの目の前でフードをむしり取るように脱ぎ捨てた。長く豊かな黒髪が背中に流れる。

え？

黒髪に縁取られた横顔を凝視する。うっすらと赤い唇が一文字に結ばれていた。硬質な線画の中で、そこだけはパステルで彩色したようにも思えた。

まさか？

「ヤン、８００を切ったら知らせろ」

指示を出すタニの声は落ち着いていた。

「はい。間もなくです。１０４０、１０３０、３３６の隊列が変化します」

両脇の二機がスピードをあげ、ヴィヴァーチェⅡ号の前方に回り込もうとする。

「挟み撃ちにする気かよ。機械のくせに一人前のことしやがるぜ」

「１０１０、１０００」

「ユイ、出力をあげろ。最高値だ」

「おまかせ」

「９５０、９００、８５０……８００」

「よし、行くぞ」

ヴィヴァーチェⅡ号の機体が大きく傾いた。反転したのだ。そのまま、スピードをあげて相手の隊列につっこんでいく。

正面の一機が辛うじて避《よ》ける。そのはずみに並列していた機と接触した。爆発はしなかったがどちらも推進翼が砕け散る。これで、完全に飛行不能になったはずだ。戦闘機としては用をなさない。

「へへっ、どんなもんだ。突然の反転なんて、コンピューターじゃ逆立ちしたってできねえ芸当だろうが」

「船長、喜ぶのは早いです。まだ三機も残ってんだ。うひゃ」

前に回った一機の翼下から小型ミサイルが発射される。

「じょーだんじゃねえ。そんなもの、ぶっぱなすなよ」

ユイが叫ぶより早く、タニが機体をほぼ垂直に立てた。小型ミサイルが機体すれすれを通過していく。二発目のミサイルが翼下に装着されるのと同時にヴィヴァーチェII号から赤味を帯びた光が走った。ミサイルを抱えたままR－YU336は宇宙空間に飛び散った。

「うっひょう。すげえ、この体勢から百発百中かよ。あいつ、たいした腕前だぜ」

タニが歓声をあげる。贔屓《ひいき》チームの試合を観戦する子どものようだ。頬は紅潮し、双眸《そうぼう》はぎらついている。さっきまでの落ち着きは幻のように掻《か》き消えていた。

「船長、浮かれてる場合じゃないですよ。興奮しすぎです」

反対にユイの顔つきは分別くさい中年男のものになっていた。はしゃぐ上司に苦りきっている。そんな様子だ。

「それ、もう一度反転、みんなしっかりつかまってろ。行くぞ。だけど興奮するじゃないかよ。百発百中だぜ。いぇぃっ」

「発射したのは一発だけですよ。百発百中なんて大げさな……」

ユイが口をつぐんだ。視界の右隅でまた一機が爆発したのだ。

「……なるほど、確かに百発百中だ。すげえ」

「すごいですね」

自分の呟《つぶや》きが、身体の内でこだました。この体勢から正確に敵を撃ち落としていくスオウの腕前もすごいが、ミサイルを搭載した戦闘機の間を縦横に飛び回るタニの技術にも驚嘆する。アシストを務めるユイの冷静沈着さも頼もしい。

みんな掛け値なしのプロなんだ。

プロ中のプロの仕事を目の当たりにしている。

「もう一機、いるはずだ。ヤン、レーダーから眼を離すな。ぼーっとするんじゃない」

ユイの叱咤《しった》が飛んでくる。

もう一機、そうだもう一機、残っている。

レーダー画面を覗《のぞ》き込み、ヤンは背筋に悪寒を覚えた。

いない。

「ユイさん、確認できません」

「確認できないだと」

「レーダー上の反応が消えました」

思わず奥歯を噛《か》み締めていた。

逃げられた、まずい。

ユイが声を張り上げる。

「そうかシマフクロウはステルス機能が付いてるんだ。船長、レーダーによる確認不可です」

「はぁ、ステルス機能だってぇ？」

わざとなのだろう、タニの口調はやけに間延びしていた。

「ばかやろう。そんな洒落《しゃれ》た機能が付いてるんだったら、最初から使え。どうせ、たかだか貨物船だと舐《な》めていたんだろうぜ」

「でしょうね。それが予想外の抵抗にあって慌てて姿を隠した。最新鋭にしちゃあ、ちょっとドタバタしすぎですかね」

「大物ルーキーはとんだ期待はずれだったわけだ。ヤン、船外カメラの精度を最大限にあげろ」

「はい」

「画面をカメラ用に切り替えるんだ。目視で捉えろ」

「はい」

「いたか？」

「見えません」

「くそっ。あの野郎、どこにいるんだ」

タニの一言にヤンは顔を上げ、辺りを見回した。視線がまっすぐぶつかってくる。

バシッと幻の音を聞くほど強い視線だった。

スオウ。

透明な壁の向こうから、漆黒の双眸がヤンに向けられている。

336はどこにいる。

視線が問うているようだった。

336はどこにいる。

あっという間に友軍機を撃墜された追撃用の無人戦闘機は、今、どこにいるか。

人間が操縦しているのなら、ヴィヴァーチェII号の支離滅裂な動きに理屈でなく、とっさの判断で対応してきただろう。しかしコンピューターは入力されたプログラムから決して外れない。外れることができないのだ。この間は、336のコンピューターがヴィヴァーチェII号の動きを情報として新たに取り込み攻撃準備を整えるための時間なのだろう。が、しかし……。

レーダー画面から消失してから、すでに五秒が経過していた。

時間がかかりすぎる。

ヴィヴァーチェⅡ号は貨物輸送船だ。３３６の何倍もの大きさがある。攻撃目標として捉《とら》えるのは容易《たやす》い。反転し相手の隊列に突っ込んでいくという奇策は間隙《かんげき》をつく一瞬の勝負だからこそ通用した。相手が態勢を立て直す前に全機、破壊しなければならなかったのだ。そうでないと勝ち目はない。

一機を取り逃がした。致命的な失敗を犯した。そう思い震えた。

しかし、五秒、いや六秒が経った。何も起こらない。

どうした？　なぜ、攻撃をしかけてこない？

見ている？　こちらの出方を静観しているのか？

船体の四箇所についている全方向性カメラを全て上方に向ける。おぼろな影が映った。

「船長、いました」

「どこだ」

「真上です。しかし、かなりの距離だ。カメラの精度と映像のぼやけ具合からみて、おおよそですが１０００以上は離れています」

攻撃をしかけてくる距離ではない。光子銃は届かず、熟練のパイロットならミサイルをかわすことも難しくない。そういう距離だ。

「見間違いじゃないのか」

「間違いないです。船長、停止してみてください」

「止めてだいじょうぶか?」

「はい」

攻撃してくるなら幾らでも機会はあった。ヤンたちは数秒間、完全に336を見失っていたのだ。約九・五秒。戦闘時では永遠にも匹敵する長さだ。

おぼろな影を四台のカメラが、四方向から映し出す。画面に目を凝らし目視で確認する。

追撃用無人ロケット。R-YU336。通称シマフクロウ。

間違いない。

336は約1000宇宙フィートの彼方《かなた》に浮かんでいた。

敵は攻撃する意志をもっていない。いや、無人機なのだから攻撃を停止するようにプログラムを操作されたわけだ。

なぜだ? こちらの隙をついて、なぜ一気に畳み掛けてこない?

「あっ」

「どうした？」

「336が動きます」

「攻撃態勢に移ったか」

「いえ……遠ざかっています」

「遠ざかる？　逃げたってわけか？」

「……のようです」

我ながら曖昧《あいまい》な物言いだとは思うが、そうとしか答えようがなかった。タニが操縦席を離れヤンの横に立つ。

「どこにもいないぞ」

「すでに肉眼では捉えられなくなっています。かなりのスピードで遠ざかっていきました」

「なんでだ？　おれたちは相手を見失って、間抜けな鳩みてえにうろうろしてたんだぞ。フクロウとしちゃあ絶好の獲物だろうに」

ヤンと同じ疑問をタニが口にする。微《かす》かだが不安と戸惑いが交ざっていた。答えられない。タニに答えるどんな言葉も浮かんでこなかった。

「我らがヴィヴァーチェ娘の強さにびびったんじゃないですか。うん、そうに決まっている」

ユイがシートベルトを外し、大きく伸びをした。

「やつら、ヴィヴァーチェII号を図体のでかい、おとなしいだけのお嬢さまだと舐めてたんですよ。ちょっと脅かせば泣き出して降伏するとでも考えてたんでしょう。まさか、こんなに派手に暴れるとは予想もしていなかった」

「思わぬ抵抗にあって、慌てふためいたってわけか？」

「そうですよ。そりゃあ慌てもするでしょうよ。あっという間に四機やられちまったんだ。おれだって尻からげで逃げ出しちまいますよ」

「ユイ、もう少し上品な言い方ってものがあるだろう。尻尾を巻いてとかな。おれたちは紳士なんだぞ」

「へいへい。折り紙付きの紳士でございますよ。今度はタキシードに蝶《ちょう》ネクタイで操縦席に座りますかね」

緊張から解放された緩みからなのか、ユイはいつもより饒舌《じょうぜつ》になっていた。くっくっと楽しげな笑い声をあげる。

「船長、もう自動操縦に切り替えても構わないですね。少し休まなきゃ身体がもちませんよ」

「うむ。しかし、第二弾がやってくる可能性もないとは言えんからな。用心に越したことはない」

「戦闘機は基本的に近距離飛行しかできんでしょう。中継基地を経由しないでやってこられるのはこのあたりが限界のはずです。基地のある月にしろ、火星にしろかなり離れているじゃないですか。だいじょうぶですよ。もう、シマフクロウは巣から出てきやしません。万が一やってきたら、そのときはそのときです。ともかく、休息をとらないと。先は長いんですよ」

「そうだな。確かに……よし、全自動に切り替えろ。レーダーと警報装置の精度は最高値のままにしておけ」

「了解。やれやれ、やっとベッドに潜り込める」

ユイは足元の革袋を拾い上げ、キスをした。

「今夜はこいつのおかげで、すてきな夢が見られるぞ」

「ベッドもいいが腹がへったな。ドルゥに食事の準備をしてもらわなきゃならん。ひもじくて死にそうだ。うん？　ヤン、どうした？　顔色が真っ青だぞ」

「あ……なんだか、ほっとしたら急に気分が……」

吐き気がする。動悸《どうき》がする。目眩《めまい》がする。脂汗が滲《にじ》む。ふらつく。まともに立っていられない。

「ああ、船酔いか。おまえは船にはまだ慣れていないからな。吐きたきゃ吐け。その方が早く楽になる。後片付けはウォッカがやってくれるから、心配するな」

「いえ……だいじょうぶ……です」

しゃがみこみ、胸を押さえる。

「無理するな。ただでさえ船酔いはきついんだ。それをあんなに無茶苦茶に動き回ったんだからな、ぐでんぐでんに酔っ払っても恥じゃないぜ。スオウ。あんたもだ。変に意地を張らずに吐いちまえよ。聞こえてるか、おい」

「……うるさい」

スピーカーからスオウのかすれた声が伝わってくる。ヤンはしゃがみこんだまま、そろりと顔を上げてみた。

スオウは座席の背にもたれかかり固く眼を閉じていた。身体が傾ぎ、長い髪が床に触れそうになっている。僅《わず》かに開いた唇の間から荒い息が漏れていた。黒髪に縁取られた蒼白《そうはく》な顔は、夜に佇《たたず》む彫像のようだ。束の間、悪心を忘れ見惚《みほ》れてしまった。

もしかしたら、もしかしたら……そうなのか。

タニが小さく口笛を吹いた。

「ふーん、やっぱ、あいつも人間なんだ。ちゃんと船酔いできるんだからな」

ユイがすかさずつっこんだ。

「船長。『船酔いできる』ってのはおかしいでしょ」

「いやいや。スオウもヤンも初航海にしちゃあ、なかなかの働きをするから、こいつら、もしかして人間じゃねえんじゃないかなんて心配してたわけよ。いやいやいや、ほんとよかった。ちゃんと船酔いできるなんて、善良な人間の証拠さ。それに最初にどんっと酔っ払うと、後は楽だ。一生、船酔いとは縁が切れる」

「ほんとうですか？　そんな話、聞いたことないですよ」

「たぶんな。ちょっとした言い伝えさ。あぁヤンもスオウもちょっと待ってろ。今、冷たい水を用意してやる。おいドルゥ、聞こえるか。水にレモンを垂らして持ってきてくれ。大至急だ。うん？　おいドルゥ、応答しろ。まさか……まさか失神でもしてるんじゃないだろうな。おーい、ドルゥ」

ドルゥの喘《あえ》ぎと弱々しい声がスピーカーから流れてきた。

「生きているのか死んじまったのか……わかりませんがや……水なんてとうてい、無理……他人さまの世話どころじゃねえや……」

「おや、大将まで酔っ払いの仲間入りかよ。となると、ふむ、ドクターはどうなってる？」

「先生？　あぁ……げーげー……吐いてますがい……シャンパンがえらい勢いで……床掃除やってます……おれも、吐きたいぐらいで……うぅ頭が痛ぇ」

「シャンパンじゃないぞ、ウオッカだ。おれの大好きな酒から名づけたんだ。間違えるな」

「酒の話なんて……今は、かんべんしてもらいてぇがい……」

うーっと唸《うな》ったまま、ドルゥからの音声は途切れた。タニが肩をすくめる。

「やれやれこれじゃ、航海最初の食事はシリアルとレトルトのスープってことになりそうだ。覚悟しとけよ」

「そりゃあ悲しいな。せめてスープは具だくさんのやつにしてください。それとドライフルーツをぜひ」

ユイは楽しげに笑いながら、そう言った。

「具だくさんのスープとドライフルーツね。反吐《へど》を吐いたやつらにはちょっときついんじゃないか。ともかく水を持ってくるから、二人ともそのままじっとしてろよ」

「おれは、だいじょうぶです」

立ち上がる。静かに息を吸い込む。

「やせ我慢するな。無理をすると後でこたえるぞ」

「いえ、ほんとに、だいじょうぶみたいです」

やせ我慢ではなかった。無理をしているわけでも、恰好《かっこう》をつけるつもりもなかった。ほんとうに少し気分が落ち着いてきたのだ。

タニとユイの軽妙なやりとりを耳にしているうちに、不思議と悪心は薄れ呼吸が楽になったのだ。突然の大きな危機を乗り切った直後、ごく普通の会話を交わしいつもと変わらぬ態度を保てる男たちに心底、驚嘆していた。

何だか、ヴィヴァーチェII号に乗り込んでから、驚きと感心の繰り返しのような気がする。

それは鋭く、強く、快感さえともなう刺激だった。刺激は力となり、ヤンを支える。

「うん？　あちらさんも動ける程度には回復したみたいだぞ」

タニの口元が緩み、笑みが現れる。

スオウが『アナグラ』から出て行くところだった。頬はまだ血の気が戻らず白いままだったが、足取りは確かだ。

ヤンもコクピットから通路へと出る。スオウの足は速かった。すでに『リビング』の中に入っている。

さっき飛び出したそこには誰の姿もなかった。ウオッカの仕事だろうかテーブルの上はきれいに片付けられ、造花のバラも元通り花瓶に納まっていた。

「スオウ」

黒い戦闘服の背中が立ち止まる。血の気のない顔がゆっくりと振り向く。

「何か用か？」

「いや……ただ、もしかして怪我をしてるんじゃないかと思って」

黒服のせいで目立たないがスオウの腕の付け根辺りには、血が滲んでいた。

「ここに乗り込む前の傷だろう。手当てをしたほうがいい」

ちらりとヤンを見やり、スオウは一言、

「大きなお世話だ」

と、答えた。そのまま歩き出そうとして踏み出した足が止まる。黒い眸《ひとみ》がふっと揺れた。

「なぜ、襲ってこなかった？」

独り言のようだったけれど、確かにヤンに向けられた一言だった。シマフクロウの最後の一機、その突然の遁走《とんそう》にスオウもまた違和感を覚えていたのだ。どうにも納得できない、と。

「わからない」

正直に答える。

「何か理由はあるはずだ。けれど、その理由がつかめない」

「理由がつかめない……。それは危険だな」

「確かに。しかし、今のところ打つ手はない。これから何が起こるか注意深く見守るしかないんだ」

何か言いかけた口をつぐみ、スオウが背を向ける。その背に向けて告げる。

「ありがとう」

「ありがとう？　なぜ、おまえがわたしに感謝する？」

「『アナグラ』に来てくれたからだ。きみの狙撃手としての腕がなければ、この危機は乗り切れなかった」

「だから感謝すると？」

「そうだ」

スオウの唇の端がめくれた。薄い笑いが浮かぶ。

「人が乗っていたら、どうした？」

「え？」

問いかけの意味が解せない。スオウは薄笑いを消し、まっすぐにヤンを凝視する。

不思議な眼差《まなざ》しだった。

強く問いかけるのでも、詰《なじ》るのでもない。何かを伝える意志も伝えたい想いも宿っていなかった。そのくせ、見つめられた者を引きずり込むような磁力がある。眼を伏せることも逸らすことも許さない力があった。

不思議で剛力な眼差しだ。

「それは……３３６が有人の戦闘機だったらという意味か」

「そうだ。機械ではなく生きている人間が操縦していたら」

スオウの眼が微《かす》かに細められた。

「それでもおまえは、わたしを呼んだか」

「それは……」

有人なら、撃ち落とすことはそのままパイロットの死に繫《つな》がる。スオウの問いかけの重さにヤンはこぶしを握っていた。

「おまえはわたしのことを人殺しだと言った。その通りだ。殺さなければ殺される。

おまえは自分の命と引き換えに、相手を殺さない、そんな選択ができるのか」

「……わからない」

自分のものとは思えないくぐもった声が出た。

わからない。おれはどうするだろう？

死にたくない。殺されたくない。そして誰も殺したくない。

それは矛盾なのか？　おれは、どうしようもない矛盾を抱えて、ここに立っているのか？

束の間閉じた眼裏を、父の顔が過《よ》ぎる。祖母の、母の姿が過ぎる。路地に転がっていた男が、広場で兵士に撃たれ血だらけのまま息絶えていた女が過ぎっていく。

無慈悲に殺されていい、傷つけられていい人間なんているはずがない。心なく容赦なく人を殺す者、傷つける者にヤンはずっと滾《たぎ》る怒りを覚えていた。ヤンはいつも、殺される側に、傷つけられる側に、踏みにじられる側にいた。生まれたときから存在していた階層の一番底からあらゆるものを見ていた。

人が生きることを、死ぬことを、苦しむことを、愛することを、思いやることを、想いをいとも容易《たやす》く蹂躙《じゅうりん》されることを、殺されることを見てきた。ずっと、見てきた。だから、殺す者を憎んだ。怨《うら》んだ。怒ってきた。しかし……。

自分が殺す側に立ったのならどうするのか。殺さざるをえない状況に陥ったらどうするのか。

考えてもいなかった。考えようともしなかった。

呆然《ぼうぜん》とする。

「わからない？　いいのか、そんな曖昧《あいまい》なままで」

スオウの口調も眼差しと同様に、何も含んでいなかった。揶揄《やゆ》も憎悪も批判も戸惑いも。

「次はどんな敵が襲ってくるか予測はできない。ただの機械かもしれないし血の通った人間かもしれない。どちらにしても敵は敵だ。わたしたちを倒すためにやってくる。戦わざるをえない。そんなふうに迷ったままで戦えるのか」

「きみは……迷わないのか」

あぁ、おれはごまかそうとしている。

身体の一部を無理やり剥《は》ぎ取られたようだ。ひりひりと疼《うず》く。

おれは問い返して、ごまかそうとしている。答えなければならない問題から逃げようとしている。卑怯《ひきょう》で姑息《こそく》なまねをしている。

「迷わない」

スオウの答えは明快だった。

「迷ったことなど一度もない」

「そうか……迷わないのか。おれは、わからない。自分がどうするかわからないんだ。だから、今のおれには何も答えられない」

辛うじてそう言った。それしか言えなかった。問いかけへの答えにはなっていない。でも、それしか言えなかった。

うつむいてしまう。

「ほんとに正直だな」

うつむいた耳に呟《つぶや》きが触れた。

「愚かなほど正直だ。他人の問いに、おまえのように一々正直に答えようとすれば」

黒い革手袋の指先がヤンの額を指す。

「そのうち頭がどうにかなってしまう。それとも、先に心が耐えきれず壊れてしまうかもしれんな」

ヤンは胸を押さえた。手のひらに自分の体温と鼓動を感じる。

「だから、迷わないのか」

「なんだと？」

「迷えば心を傷つけると知ってしまったから、二度と迷わないと決めたのか」

スオウの頰に血の色が上った。顎《あご》の線が引き締まる。黒い眸の中に殺気に近い感情が揺らめいた。初めて見せる人間的な揺らぎだ。

「おまえは……何を言ってる。まだ酔っているんじゃないのか。顔でも洗って出直してこい」

「もう酔っていない。とっくに醒《さ》めた」

「だったら、そんな戯《たわ》けた口、縫いつけてしまえ。わたしの前からとっとと失《う》せろ。おまえの訳知り顔など二度と見たくない」

吐きすてた語気の荒々しさが豊かな感情の一端を窺わせる。

「スオウ、もう一つ訊《き》きたいことがある」

「たくさんだ。いいかげんにしろ」

「なぜ、ライなんだ」

一度背をむけたスオウがゆっくりと振り返る。黒髪がさわりと流れた。

「なぜ、きみはライに会おうとしている。オオタカの遭難現場を目指すことは、ライとの接触を望んでいるってことだろう。それは反乱軍にたちむかうためにライの力が必要だということか。ライと王家とは何か繫がりがあるのか」

「訊きたいことは一つだけじゃなかったのか」

スオウは額にかかった髪をかきあげ、ふっと視線を空におよがせた。

「知らない」

「え？」

「わたしはただ命じられただけだ」

「ライに会えと」

「そうだ。命じられたから、従う。それだけのことだ」

「そんな……きみには意思がないのか。国王の命令なら何も知らぬまま従うというのか。そんなのって」

「国王ではない」

スオウの口調が僅《わず》かだが沈みこむ。

「わたしが従うのは国王などではない」

沈みこみほとんど呟きとなった言葉を聞きとろうとヤンは身体を前に傾ける。そのとき、ドアが開いた。さっき、ウオッカが入ってきたドアだ。今度もウオッカだった。アームに少女を抱きかかえている。

「オトシモノ、オトシモノ、ツウロデミツケタ。オトシモノ、ドコニカタヅケルカ、ハンダンデキマセン。スミヤカニ、シジシテクダサイ。シジシテクダサイ」

少女が瞬《まばた》きする。静かに一つ息を吐く。

亜麻色の髪、榛《はしばみ》色の眸《ひとみ》、赤い唇。

「姫！」

「ナコ！」

ヤンとスオウの声が重なった。

ウオッカのアームに抱かれているのは純白のドレスを身につけたナコだった。一年前より髪が伸び頬の辺りがふっくらしているが、妹だ。妹に間違いない。

ナコ、生きていたんだ。生きていてくれた。

母さん、ばあちゃん、ゴド、見つけたよ。ナコを見つけたよ。やっと、見つけた。無事だった。ちゃんと生きていた。喜んでくれ。安心してくれ。おれたち、ナコを取り戻したんだ。

少女が床に降り立つ。ドレスの裾《すそ》がふわりと広がった。

「ナコ！」

足を踏み出した瞬間、腹に重い衝撃がきた。スオウのこぶしが腹部を突き上げたのだ。

「ぐっ」

膝《ひざ》からくずおれる。視界が薄闇に閉ざされる。ヤンは思い切りの力で唇を噛《か》み締《し》めた。血の味が広がる。痛みに意識が引き戻される。

「姫の御前だ。ひざまずけ」

「姫だと……ちがう……妹だ」

テーブルの脚にすがり、顔を上げる。少女が見ていた。ヤンを見つめている。赤い唇が動いた。

お兄ちゃん。

ナコが叫び手を差し伸べてくる。首に抱きついてくる。小さな温かな身体をしっかりと抱きしめる。

お兄ちゃん、お兄ちゃん、お兄ちゃん。

「何者じゃ」

抑揚のない声が赤い唇からもれる。頬を打たれた気がした。

「スオウ、そなたに問うておる。この者は何者じゃ」

スオウは片膝をつき、深く頭《こうべ》を垂れた。

「畏《おそ》れながら、姫がお気に留めるような輩《やから》ではございません」

「この者は何者かと問うた。我の問いに答えよ」

　スオウの頭がさらに低くなる。

「は。この船の乗組員にございます」

「名は何と申す」

　少女の視線が再びヤンに注がれる。

「そなたに問うておる。名は何と申す」

　機械仕掛けの人形のようだ。ぱくぱくと口だけが動き感情のこもらない音声が流れ出る。

　ナコ……ではないのか。

「姫がお尋ねだ。答えろ」

　スオウが顎をしゃくる。さっきふいに紅潮した頬には、紅を一刷《は》けしたほどのうっすら淡い血色が残っているだけだった。

「ヤン……」

「何と申した？　ヤンとな」

　少女の眼を見据える。真っ直ぐに見つめる。

「ヤンだ。霧の町のヤン。覚えはないか」

スオウが腕を摑《つか》んでくる。指が食い込み、痛みが骨まで染みた。

「言葉をつつしめ」

「放せ」

「言葉をつつしむんだ。無礼は許さん」

スオウの指を払う。口の中にはまだ血の味が濃厚に留《とど》まっていた。

「そっちが誰をどう敬おうと知ったことじゃない。勝手に拝礼でも稽首《けいしゅ》でもやればいいさ。おれには王女や王家に礼を尽くさねばならない義務も心持ちもないんだ」

「きさま」

「ここは船内だ」

血の味のする唾《つば》を飲み込み、スオウと睨《にら》み合う。

「さっき船長に教えられた。船には船のルールがある。地上の規則や制度や概念がそのまま通用すると思ったら、大間違いだとな。よく覚えておけ」

スオウの声がすっと低くなる。獅子《しし》の威嚇の唸《うな》りのようだ。

「きさま……何が言いたい」

「ここでは誰を敬うか、尊ぶか、従うか、決めるのは自分自身なんだ。地上の身分も階級も通用しない」

「スオウ」

少女の視線がヤンとスオウの間を行き来する。

「この者は何を申しておる。我にもわかるように伝えよ」

「ヤンだ」

スオウが口を開くより早くヤンは言った。しゃがみこんだまま少女に近づく。腰を落とせば目の高さがほぼ同じになる。

「人には誰も名前がある。その人だけの名前があるんだ」

「名前が……」

少女のまつげが微《かす》かに震えた。ヤンの言葉の意味をどうにも解しかねての戸惑いに震えている。コクピット側のドアからタニとユイが入ってきた。二人はおっと小さな叫びをあげると、その場に棒立ちになった。しかし、少女の眼差《まなざ》しはヤンに注がれたままだ。どこにも逸《そ》れない。まつげはまだ、震えている。

ヤンは手を伸ばし、少女の腕にそっと触れた。ナコに大切なことを告げるとき、伝えるとき、いつもこうしてしゃがみこんだ。目を合わせ、そっと腕に触れた。そうするとナコは、大きく目を見開いたまま身じろぎもせずにヤンを見つめてくるのだ。兄の言葉を一言も聞き逃すまいとして、耳をそばだてる。

少女もまた、身じろぎもせずにヤンを見つめていた。背後にいるはずのスオウも動かない。『リビング』の中には、ヤンの声とウオッカの旧式のモーター音だけが響いている。

「そうだ。人には誰も名前がある。『この者』でも『その者』でも『誰か』でもない。ちゃんとした名前があるんだ。おれの言っていること、わかるか？」

ナコ、兄ちゃんの言ってること、わかるか？

「わかる」

少女が頷《うなず》く。手入れの行き届いた艶《つや》のある髪が頬の上をさらさらと滑った。愛らしい仕草だった。思わず微笑んでしまう。

「そうか、えらいぞ。では、改めて自己紹介する。おれの名前は」

「知っておる。ヤンじゃ」

少女の鼻先が動く。口元に微かな笑みが浮かんだ。

「そちの名前はヤンであろう。さきほど聞いた。忘れてはおらぬ」

「うん。ますます、えらい。そうだおれの名前はヤンという。では、きみの名前は何という？」

いのだろう。

首を傾げ、少女はまたまつげを震わせた。こんなに直截《ちょくせつ》に名を尋ねられた経験がな

「姫、お答えになる必要はございません。下々の者が姫の面前で名を名乗り、あまつさえ御名を問いかけるとは非礼の極み。どうか、このままお部屋にお戻りくださいませ。姫をお一人にしておいたのは、わたしの落ち度でございました。これから先は決してお傍を離れませぬゆえ、ご容赦ください」

スオウが少女の腕からヤンの手を払う。

「きみにも名前があるんだろう」

ヤンは身を乗り出した。

「きみの名前を教えてほしい」

「なんのためじゃ。なんのために我の名前を知りたい」

「名前を知れば、友だちになれるかもしれないだろ」

「トモダチ？」

「姫、まいりましょう」

抱き上げようとしたスオウから、少女は身をよじるようにして逃れた。スオウが目

「我の名か？」

を見張る。

「姫」

「ひかえよ。我はいま少しこの者……ヤンと話がしたい」

「しかし、姫」

「ひかえよ、我が命令であるぞ」

スオウが小さくため息をついた。ちらりとヤンを見やり腰を落とす。少女はゆっくりとヤンに向き直った。

「トモダチとは何じゃ？　スオウのように我を護《まも》る者のことか。女官のように我の世話をする者のことか？」

ヤンもゆるやかな動作でかぶりを振った。

「ちがう。友だちとは対等な者たちのことだ。どちらかが一方的に世話をしたり護ったりするのとは違う。お互いが、助け合い、護り合い、信じ合うんだ」

「わからぬ」

少女の唇がとがる。眉《まゆ》が寄る。眼の縁に影が差して、ひどく悲しげな顔つきになる。

「ヤンの言うことが、我には少しも解せぬぞ」

あぁナコだと思った。紛れもないナコの表情だ。

あたし、お兄ちゃんの言ってること、わかんないよう。

ヤンの言葉を理解できないとき、ナコは悲しそうに顔を曇らせるのだ。それからそっとヤンの身体に触れてくる。指先を摑んだり、膝《ひざ》に手を置いたり。そして、「お兄ちゃん、もう一度ナコに教えて」と見上げてくる。気持ちや時間に余裕のあるときは、最初から丁寧にわかり易く説明を繰り返すこともあったけれど、たいていは面倒くさくなり「もう少しナコが大きくなってからな」なんて、いなしたままにしてしまった。

妹との別れがあんなに唐突にやってくるとは想像もしていなかったのだ。もっと長い時間、傍らにいて話をしたり、教えたり、笑ったりできると思っていたのだ。

少女の手が動いた。指先が身を低くしたヤンの頰に触れる。傍らでスオウが息を吸い込んだ。

「ヤン、我にもう一度教えるがよい。トモダチとは何じゃ？」

少女の手を軽く握る。

温かだった。

「こうやって一緒にいていつまでも話ができる相手、泣いたり笑ったりしながら一緒にいる相手、心の中にあるものを聞いてもらいたい相手、時間を忘れるぐらい楽しく遊んだり、顔も見たくないほどのケンカをしたり……でもやっぱり、誰よりも傍にいてほしい相手。友だちとはそういう相手のことだよ」

「ヤンにはトモダチがいるのか」

「いるとも。とびっきりの友だちが一人いる。そういうのを親友って呼ぶんだ」

「シンユウ……」

「友だちの中の友だちのことだ。おれの親友はゴドって名前だ」

「ゴドか。あまり美しくない名だ。まるで……まるで」

「まるで？」

「よく肥えた七面鳥のような名前だ」

「七面鳥だって？」

思わず目を瞬かせてしまった。まさかここで七面鳥が出てくるとは思わなかった。七面鳥は高級食材だ。口にしたことはないけれど、目にしたことは何度かある。

少女が胸をそらした。

「そうじゃ、七面鳥じゃ。我は、女官があまりにうるさいのでそっと部屋を抜け出して、城中をあちこち歩き回ったことがある」

「うん」

「城にはたくさんの部屋があって、それで、どんどん下におりていくと……石造りの広い部屋があったのじゃ。たくさんの皿やグラスがあって、他の食器もたくさんあった。それから……そうじゃ、火が燃えていた。その火の上に、あれは何というのか、大きな丸い器があって白い煙を吐いていたぞ。とても大きくて……うん、大きかった。我が飛び込めるぐらいであった」

「ああ、それは鍋《なべ》だな。野菜や肉を煮たり、茹《ゆ》でたりするものだ。飛び込んだらたいへんなことになる。人参やジャガイモといっしょにぐつぐつ煮込まれてしまうぞ。白い煙は湯気、水が湯になると出てくるんだ。どうやら、きみが迷い込んだのは厨房《ちゅうぼう》という所だな。料理を作る場所のことだ。この船にもあるよ。城のものよりずっとずっと狭いし、火も使わないけれど」

少女の双眸《そうぼう》が煌《きら》めいた。

「見てみたい」

「いいよ。後で見学に行こう。その前にもう少し、きみの話を聞かせてもらいたい。きみは、厨房で七面鳥を見たのか？」

「そうじゃ。そのチュウボウのすみにいた。竹の籠《かご》のようなものに入れられて鳴いておった。とてもおもしろい顔をしていて、我はしばらく眺めていた。肥えた大きな鳥であったぞ」

「その太った七面鳥がゴドなんだ」

「うむ。ゴドとは肥えた七面鳥のような名であると我は思うぞ」

噴き出してしまった。褐色の肌をしたゴドと七面鳥が重なる。

おいおいふざけんなよ。誰が七面鳥だって。ゴドがくしゃっと音がするほど顔を歪《ゆが》めるのが見える気がした。

おかしい。笑ってしまう。

「なぜにヤンは笑う」

「おかしいからさ。今度ゴドに会ったら教えてやらなきゃな。おまえの名前は七面鳥にぴったりなんだぞって」

「ヤンはゴドに会うのか」

「もちろん。かなり先のことになるだろうけれど、地上に帰ったら一番に会うさ」

「トモダチだからか」

「そうだ。友だちだから会いたいんだ」

「ヤンはそのゴドといつも一緒にいたのか」

「いつもじゃない。大きくなってそれぞれが働くようになってからは、なかなか会えなかった。だから、たまに会うと時間を忘れて語り合ったりもしたよ。働く前は、ほとんど毎日一緒にいたかな。何をするにも二人で相談したり、でかけたりしたもんだ」

「そうか……」

少女の視線がふっと揺らいだ。ヤンから離れ、空に泳ぐ。

「二人でか……二人……我はどうであったのであろう」

「え？　きみは一人じゃなかったのか」

「我は一人で部屋を抜け出したのであろうか。一人でチュウボウまで行ったのであろうか。女官が口うるさくて、あれもだめこれもだめと小言ばかりで、我はハープなど大嫌いなのに稽古《けいこ》をしなければならなくて……辛《つら》くて辛くて……それで、ハープの稽古の前に逃げようと思ったのだ……我慢できないと思ったのだ」

「一人でか？　きみはそのとき、一人だったのか？」

「一人……いや……誰かが傍にいたような」

少女が自分の頬を押さえる。眸《ひとみ》が左右に動く。記憶を必死でまさぐっているのだ。

ヤンは、胸の内で鼓動を打つ音を聞いた。

ドクン、ドクン、ドクン。

誰かが傍にいた？　それは、まさかそれは……。

「ゴドって名前にしよう」

頬を両手で挟み、少女が呟《つぶや》く。吐息に似た微《かす》かな呟きだ。

「え？」

「この七面鳥、ゴドって名前にしよう。誰かがそう言った。我の傍でそう言った……いや、誰もそんなことは言わなかったか……よくわからぬ。けれど、七面鳥にゴドって名前をつけようと……それで二人で決めたのじゃ……二人で、七面鳥はゴドだと……」

顔を覆い、少女はその場に座り込む。白い花の真ん中に留まった蝶《ちょう》のようだ。

「姫、そこまでになさいませ」

スオウが立ち上がり、素早く少女の身体を抱き上げた。

「もうお休みにならないといけませぬ。お部屋に戻りましょう」

「スオウ……頭が痛い」

「お疲れなのです。スオウがずっとお傍に侍《はべ》っております。何も考えずぐっすりお眠りください」

ヤンは出て行こうとするスオウを、いや、少女を呼び止めた。

「待ってくれ。もう少しだけ話を聞かせてくれ」

スオウが振り向く。

「もう十分だろう」

「お願いだ。あと少しだけでいい。姫、教えてくれ、きみの傍には誰がいたんだ。誰と一緒に七面鳥に名前をつけたんだ」

「いいかげんにしろ」

スオウの眼に険しい光が走った。その光がヤンを射竦《いすく》める。

「姫はまだ幼い。しかも、過酷な経験をしたばかりだ。疲れきっているのがわからないのか」

「あ……」

「おまえは、自分の想いばかりを押し付けて、姫から妹のことを聞きだそうとする。無理やりにでも質《ただ》そうとする。疲れきった幼い姫の身を一切案じようともしない」

スオウの口調は静かだった。その静かさの底に自分への怒りが横たわっている。ヤンは立ち尽くしたまま、その怒りを全身で受け止めていた。

この少女が本物の第一王位継承者の王女だとしたら……。

城の奥深く、大勢の女官にかしずかれて何不自由のない時を過ごしてきた少女は突然の戦禍に巻き込まれた。父である王も母である王妃も、おそらくもう生きてはいない。城は炎に包まれ、焼け落ちた。王家の生き残りとして命を狙われる日々がすでに始まっている。過酷な、確かに過酷な運命だ。この小さな背に否応《いやおう》無く縛り付けられた重荷だ。思い至らなかった。少女の背負った荷の重さに僅《わず》かも心を馳《は》せることができなかった。

「……すまない」

声を絞り出して詫《わ》びる。

「きみの言うとおりだ。おれは……身勝手に問い質そうとした。姫の状況を何も考えていなかった。すまない」

頭《こうべ》を垂れる。烈しい罵声《ばせい》を浴びるかとも覚悟をしたが、スオウは静かなままだった。静かな口調のまま言う。

「詫びて過ちが消せるなら……百万回でも詫びればいい」

「スオウ」

「百万回詫びたとしても、決して赦《ゆる》されない過ちもある。消せない罪業があるのだ。けれど今回は……もういい。姫はおまえをお赦しになるだろう」

スオウの眼から怒りの感情が退《ひ》いて行く。怒りであろうと哀しみであろうと、情動とは人の内に灯《あか》りを灯《とも》すものらしい。感情が掻《か》き消えれば後に残るのは濃い闇だけだ。引き摺《ず》りこまれそうなほど深い眸だ。底なしの黒色だ。人間の眼がここまで黒く、冥《くら》く、なれるものだろうか。

「ヤン」

スオウの腕の中で少女が身を乗り出す。

「姫、お危のうございます。どうかお静かに」

「ノフェテ・ウル・シャルドアブトール・ウラ四世」

少女は澄んだ声をはりあげた。

「伝える。我が名じゃ。覚えよ」

ヤンに向かって、笑いかける。

「すでに覚えたか」

「は……いや、申し訳ない。一度聞いただけではちょっと無理だ。あの、ウラでいいか。ウラと呼んでも構わないか」

少女の笑みがさらに広がった。大きくうなずく。

「許す。これから後、我をウラと呼べ」

「ありがとう、ウラ」

「名前を知った。トモダチだな。ヤン」

「ああ、友だちだ。いつか親友になれるかもしれない」

「重畳じゃ」

ウラは顎《あご》を上げ、ころころと楽しげに笑った。

ナコは決してこんな笑い方をしなかった。内気で温和な性質の妹はいつも、穏やかだけれど淋《さび》しげな声で笑うのだ。

ナコではないのか。

だけど、そっくりだ。あまりに似すぎている。

心が揺れ動く。まるで振り子だ。留《とど》まることなく右に左に迷い続ける。

ナコではないのか。本物のウラ王女なのか。それなら、彼女の傍らにいて七面鳥にゴドの名をつけたのがナコなのだろうか。ナコなら当然ゴドの名を知っている。もしそうなら、ナコは今どうしているのか……。

だけどナコだ。あの眼も、あの髪も、あの唇も、首を傾げる仕草も、真剣に見つめる眼差《まなざ》しもナコとしか思えない。

揺れる、揺れる、揺れ動く。どれほど揺れても、同じ軌道の上を行きつ戻りつするだけだ。思いはただ堂々巡りを繰り返す。結論も真実もすこしも近づいてこない。

「あのぅ、お取り込み中、たいへん申し訳ありませんがねぇ」

タニがヤンの後ろで空咳《からぜき》をした。

「おれたちにも、姫さまに自己紹介させてもらえませんかね。何てったって、この船の船長と副船長なんですからな」

スオウがかぶりを振った。

「姫はお疲れだ。また後にしろ」

「よい」

ウラがすっと背筋を伸ばした。

「目通りを許す。スオウ、我を下ろせ」

「はっ」

床に降り立った少女の前に、タニとユイは片膝《かたひざ》をついて屈《かが》みこんだ。ウラが背筋を伸ばしたまま二人の男を見下ろす。それは、威厳と尊大に縁取られた支配者の姿勢だった。あらゆる者を足元にひれ伏させ、睥睨《へいげい》することをウラはすでに学んでいるのだ。

「姫さま、お目にかかれて光栄に存じます。わたくしめはこの船ヴィヴァーチェII号の船長でタニと申します」

「同じく副船長のユイと申します。なにとぞ、お見知りおきくださいませ」

「タニとユイであるな。この度の働き、まことに見事であった。褒めてとらす」

『この度の働き』がどんなものなのかウラは知りもしないだろう。ただ、教え込まれた科白《せりふ》をそのまま口にしているにすぎない。その場、その状況に合わせインプットした情報から最も適するものを選び出して、しゃべっているだけなのだ。人の形をした録音機器に近いかもしれない。それでも、ウラからは犯し難い品性が感じられた。機械では決して醸し出せない高潔な雰囲気が漂う。

持って生まれたものなのか、後に身につけたものなのか。

「畏《おそ》れ多いお言葉。身に余る光栄かと存じます。ただ、姫さま」

タニがすっと上半身を起こした。ユイも続く。

「これからの旅はいささか長くなります。お互い、こうしゃちこばっていては何かと差し障りも出てくるでしょうし、これからはもうちょいとくだけて、楽にやらせていただきたいんですが、お許しくださいますかね」

ウラが顎を引く。

「くだけるとはどういうことだ」

「こういうことで」

タニはウラの手をとると、甲に軽くキスをした。

「これから仲良くやっていこうじゃありませんか。姫さま」

「それは……我とトモダチになりたいということか」

「できれば」

「我を我の名で呼びたいと思うておるのか」

「できれば。むろん、姫さまも我々をタニ、ユイとお呼びください」

「許さぬ」

ウラは手を引き、胸をそらした。

「そなたが我のトモダチになることは、我が許さぬ」

タニの口が丸く開いた。拒否されるとはまるで予想していなかったのだ。

「けど、姫さま、何でです？　ヤンとは友だちになっても、おれたちとは嫌だってのは、あんまりじゃないですかね」

「ヤンは清々《すがすが》しいではないか。信じられる」

「はぁ？　てことは……おれたちは胡散臭《うさんくさ》くて信用できないってことですか」

「そうじゃ。信じられぬ。我はそう感じた」

「そりゃあまた、何でです」

「顔が悪い」

「へ？　顔ってそんな……またそりゃあ、ちょっとひでぇなあ」

タニは頭の後ろを乱暴に掻きあげ、ユイは顔を伏せてしまった。

「ヤンとここまで差をつけられるとは思わなかった。まぁ確かにおれもユイも強面《こわもて》かもしれんが、ちょっとショックだね」

「いや船長、おれはそんなことないですよ。むしろ優男の部類ですから。船長の顔が怖すぎるんじゃないですか」

「何でもかんでもおれのせいにするな」

「だって誰が見ても、船長は悪相ですよ。一緒にされちゃって、正直迷惑だな」

「ふざけんなよ、ちくしょうめ。船乗りは顔なんてな、首の上に乗っかってれば十分なんだ」

タニが心底悔しそうに、口を歪《ゆが》める。

おかしい。

タニの渋面もウラの生真面目な顔つきもおかしい。タニとユイのやりとりもおかしい。スオウは横を向いて床に視線を落としている。顎から頬への完璧《かんぺき》に整った線が強ばって、今にも崩れそうに見える。笑うまいと必死にこらえているのだ。

ヤンは我慢できなかった。突き上げてくる笑いに抗しきれない。

「何を笑ってやがるんだ。ふふん、いいね、いい男ってのは大笑いしてても清々しゅうございますな」

タニが床に座り込み腕組みをする。拗《す》ねた子どものようだ。おかしさがさらに募る。

「すみません。でも何か……おかしくて。ははは、ウラ、きみは最高だ。最高に愉快だ。ははは、船長……ほんとすみません。止まらなくなっちゃって……はは」

久しぶりに腹の底から笑った。心は揺れ続け、惑い続け、憂いは微《かす》かも晴れはしない。それでも人は笑うことができるものなのだ。

笑っている自分が、笑える自分が不思議だった。

「ヤン」

ウラが見上げてくる。

「うん？」

「我がヤンを笑わせたのか」

「そうだよ。こんなに笑ったのはいつ以来だろう。ウラのおかげで大笑いができた。船長には申し訳なかったけど」

「ヤンは……我といて、楽しいか」

「最高に楽しい」

偽りではなかった。ウラといるとナコが帰ってきたと思える。錯覚かもしれない。誤認かもしれない。それでも、幼い妹に対する慈しみがよみがえる。それは、ヤンを仄《ほの》かな幸福に導いてくれる。

　ウラといると楽しい。心が弾む。

「そうか、重畳である」

　ウラが微笑む。それから、すっと視線を動かした。

「スオウ、我は部屋に帰る」

「はっ。お連れいたしましょう、姫」

「かまわぬ。我は歩いてまいる。ヤン、また後に会おうぞ」

「うん。ウラ、今度、時間のあるときにたっぷりと遊ぼうな」

「我はゴドの話が聞きたい。七面鳥ではなく、そなたのシンユウの話じゃ。聞かせてくれるか」

「もちろん、喜んで。ゴドの話ならいくらでもできる。楽しみにしていてくれ」

「そうしよう。みなのもの大儀であった。下がるがよい」

　優雅な動きで背を向けると、ウラはドレスの裾《すそ》をひきずりながら『リビング』から出て行こうとする。

「あっ、おいちょっと、きれいな兵隊さんよ」

　タニがスオウを引き止めた。立ち上がり、上着の前を叩《たた》く。

「まだ用があるのか」

「あるさ。言っておくけどな、姫さまが許そうと許すまいと、こんなに畏《かしこ》まるのはもうごめんだからよ。一々、ひざまずいてぺこぺこしてちゃ何にもできやしない。それでなくても手が足らないんだ。みんながぺこぺこしてちゃ、ヴィヴァーチェ嬢の進行に支障がでる恐れがある。そこのとこあたり、ちゃんとわかっててもらいたい」

「姫を敬うことはできぬと言うわけか」

「いつもいつも、ひれ伏してお伺いをたてるってわけにゃいかない。そう言ってるのさ。王族として畏れ敬うことはしない。ただ、あんたたちは客だ。しかも、たっぷりと料金を払ってくれた最高のお客さまさ。それに相応《ふさわ》しいもてなしは、もちろんさせてもらう。食事も部屋も最高なものを揃えさせる。安心してくれ」

ユイが後ろからタニの上着をひっぱる。

「船長、食事たって、今日はシリアルとレトルトスープとドライフルーツだけの献立ですよ。明日《あした》だってどうなるかわからんでしょ。ドルゥのやつ真っ青になってへたり込んでるんだから。最高も何もあったもんじゃない」

タニは振り向いて「うるさい」と一喝した。

「ともかく、そういうことだ。おれたちもできるだけの努力はする。できるだけの、な。だから、あんたたちも船内で身分や氏育ちを振り回しても意味が無いって、よーく、肝に銘じておいてくれ。それが後々面倒を起こさないためのコツだ」

「……わかった。一等の客としてもてなしてもらおう。払ったものに見合うだけのサービスを期待する」

「あいよ。期待に応えるようがんばるさ」

「それと言い忘れていたが、船長、わたしは得意だからな」

「はい？」

「玉子料理だ。おまえはわたしのことを玉子料理一品すら作れないだろうと非難したがあれは見当違いだ。こう見えても玉子料理は得意なのでな」

「あっそりゃあどうも、おみそれしました。へえ、凄腕《すごうで》の狙撃手の手料理たぁ、また豪儀だな。機会があればぜひご相伴にあずかりたいもんだ。よろしく頼む」

タニがひょこりと頭を下げる。その頭が上がるのを待たず、ウラとスオウはキャビンへと引き上げて行った。

ドアが閉まる。

フシューッ、フシューッ、フシューッ。

ウオッカが床を磨く音だけが聞こえてくる。

ユイがため息をついた。身体中の空気を全部吐き出すような長い吐息だ。

「なんだか、つくづくへんてこな客ですねえ」

「へんてこなだけならいいけど、まぁ危険度この上ないって客さ。なにしろ、軍務局を敵に回してんだ」

「しかも、目的地が宇宙海賊の出没する危険区域ですよ」

「そう。さらに、その宇宙海賊の頭ってのが……」

「バシミカル・ライですね」

タニがそうだというふうに首を振る。

「バシミカル・ライ。『ヴィヴァーチェの悲劇』の主役。血に飢えた殺人鬼と恐れられるかと思えば、一方では我らの英雄と称される人間だ。今じゃもう伝説の人物だな」

「ヴィヴァーチェ初号機とともに宇宙空間で爆発したはずの男が海賊の首領となってよみがえってきた。うーむ、『ヴィヴァーチェの悲劇』じゃなく『ヴィヴァーチェの怪談』だ」

「ユイ、おまえ、おれの話、信用してないな」

「船長が、海賊を指揮して貨物船を襲うライを見たって話ですか。うーん、そうですねえ。そりゃあ確かに信じ難い話ではあるけど……」

「見たんだよ。おれはこの目で見たんだ。あれは間違いなくバシミカル・ライだった」

タニの身体が震えた。この豪胆な船乗りが束の間とはいえ、本気で恐怖を覚えているのだ。

「作りものなのかもしれませんね」

ヤンは言った。

「作りもの？　どういう意味だ？　誰かが変装してるってことか」

「そうじゃありません。変装とかではなく……たとえば整形してしまえば、若き日のライにそっくりになれるかもと思ったんです。近くによれば案外、差異はわかるかもしれないが、宇宙船間の電子映像ではそこまでは見極められない」

「ヤン、基地の整備セクションに隣接した休憩室……今となっちゃあ、えらく懐かしい気がするが……あそこでもおまえは同じようなことを言ったな。あのときおれがどう答えたか覚えているか」

「はい。ライは本物だった。本物にしか感じられない迫力があった。船長はそう言い切りました。よく、覚えています」

「だったら同じ事を二度、言わせるな。海賊を率いて船を襲ったのはライだったんだ。偽物なんかじゃなかった」

「はい……そうです。おれも偽物とか言ってるんじゃないんです。すみません、言葉が足りませんでした。偽物とかじゃなく……あの、船長が見たライは昔のまま、『ヴィヴァーチェの悲劇』と呼ばれた事件当時のままの姿だったんでしょう」

「そりゃぁそうさ。はげ頭でよぼよぼの爺《じい》さんになってたら、おれだってライだとは思わんさ。うん、昔のままの……ライだった」

もう一度、タニが身体を震わせた。

「人が歳を取らずにいられるはずがない。若いままってのは、つまり何らかの人工的な処置が施されているということじゃないか、そう思ったんです」

「うむ、確かにな。いや、しかし……」

タニが口ごもる。首をひねる。

「作り物ねえ。いやぁ……うーん、ヤン、おまえってやつは、何でそう突拍子もないことを思いつくんだ」

「突拍子もないこととは思わないですが」

「突拍子もねえよ。さっきのシマフクロウへの攻撃だって無茶苦茶さ。パイロットの腕が一流だったから上手《うま》くいったが、普通じゃ危険すぎる作戦だぜ。突拍子すぎて、誰も考え付かないさ」

ユイが二度目のため息をつく。

「船長。それって露骨な自画自賛じゃないっすか」

「事実だよ、事実。おれは嫌らしい謙遜《けんそん》なんかしないからな」

「いやあ、謙遜はしなくても、謙虚さは必要ですよ。船長には奥ゆかしさってものが、もうちょいあってもいいような気がしますがね」

「ふふん。奥ゆかしい船乗りなんて魚の屁《へ》みたいなもんさ。役に立つかよ。自分の腕に自信がなけりゃ、操縦桿《そうじゅうかん》なんて握れないぞ」

「まぁそこのところは認めます。船長の腕は文句なしの一流ですよ。自信の方も超一流だしね。なっ、ヤン」

「はい」

確かにそうだ。

ヤンは胸の内で深く首肯する。

敵の隊列の中に飛び込み混乱を誘う。相手の混乱に乗じ的確な攻撃をしかける。パイロットの卓越した技術と熟練、豊富な経験がなければできることではなかった。それとともに、正確無比な狙撃能力が必要だった。

ヴィヴァーチェⅡ号の中に、それが二つとも揃っていたのは幸運だったのか、天の配剤だったのか。

「それにしてもスオウってやつも、船長に負けず劣らずの腕前でしたね。ああいうの、やっぱ天才って呼ぶんですかねえ」

ヤンの胸中を見透かしたかのように、ユイは言葉を続けた。

おまえは自分の命と引き換えに、相手を殺さない、そんな選択ができるのか。

スオウの問いかけが耳奥にうずくまっている。ヤンが答えを見つけるまで、うずくまったままだろう。

いつか答えられるだろうか。いつか答えなければならない。

美貌《びぼう》の兵士から手渡された重い宿題だ。ヤンの前には他にも重く難解な宿題がどさりと積まれている。

ナコとウラ、二人の少女。

これから向かう危険区域。

バシミカル・ライの存在。

突然に遁走《とんそう》した追撃機。

まだある。地上で抱えこんだ謎や疑問の数々だ。父の死因は何なのか。「ヴィヴァーチェの悲劇」の後国王の肝煎《きもい》りで建てられたロケットステーション、工場、そして研究所。そこに父を死においやった何かがあるのではないか。ヤンは唇をかみしめていた。父の死と「ヴィヴァーチェの悲劇」はどこかで繋がっているのでは……夜の雷光のように閃《ひらめ》く思いがあった。

地上と宇宙の謎が根を一つにしているとしたら……。

「おい、新入りの見習い小僧、いるか」

ヤンを呼ぶドルゥらの声がスピーカーから響いてきた。さっきより、生気が戻っている。しかし、機嫌はかなり悪そうだった。

「はい、います」

「すぐ、厨房《ちゅうぼう》にこい。飯の支度をしなくちゃならねえが」

「わかりました」

考えねばならないことより、近い将来対処しなければならないことより、まず目の前の仕事をこなさなければならない。見習いの雑務はそれこそ山ほどある。

ユイが短く口笛を吹いた。

「さすがドルゥの大将だ。へばっててもちゃんと自分の仕事だけはやるってことか。見直したぞ、大将！」

「……大きな声出さんでもらいたいが。まだ、頭ががんがんしてるんでやすから。あぁ痛い、痛い。できるならシリアルとレトルトスープぐれえで済ませてもらいたいが……けど、それじゃあ、料理人として恥ずかしいし……くそっ、見習い、早く来い。ぐずぐずすんない」

「はい、すぐに行きます」

『リビング』を飛び出す。「がんばれよ、見習い」。ユイの声援が背中にぶつかってきた。

「そうだ。何があったって人間、食えるうちは幸せさ」

これはタニだ。

ドアが閉まる直前、振り返る。タニとユイが親指を立て、同時ににやりと笑うのが見えた。

二章　バシミカル・ライ

「謀るって、おれがウラを騙《だま》したってことか？」

ヤンはシンクを磨いていた手を止め、傍らに立つ少女を見下ろした。

「そなたは、我を謀っておるのか」

「なんだ」

「ヤン」


「そうじゃ」

「何でそんなこと言うんだ」

特殊繊維の布でシンク内を拭《ふ》き取った後、ヤンは改めてウラに向き直った。ついさっき、ウラはスオウに付き添われて厨房に入ってきた。しばらくの間、働いているヤンを黙って見つめていたが、今、ふいに口を開いたのだ。「そなたは、我を謀っておるのか」

ウラを抱き上げ、背もたれのない丸いイスに座らせる。ヤン自身は腰を屈《かが》めた。

「おれはウラを騙したりしてないつもりだけど」

「しかし、ヤンは我との約束を守らぬではないか。それは、我を謀っていることであろう」

「約束って……」

ウラが口をとがらせる。不満と怒りが混ざり合った表情だ。少女は本気で怒り、不満をぶつけようとしている。

「言ってごらん」

ヤンはウラの背中を二度、三度、手のひらで軽く叩《たた》いた。ナコがしょげているとき、拗《す》ねたとき、混乱して泣きじゃくったとき、こうして叩いてやったのだ。

「言わねばわからぬのか」

しばらく考え、返事をする。

「うん。ごめんな、わからない。ウラとの約束を破った覚え、ないんだけど……」

「遊ぶと言った」

ウラが身をのりだす。イスから滑り落ちそうになった。慌てて、両脇を支える。

「ヤンは我と一緒に遊ぶと申したではないか」

「それなのに、一度も我と遊ぼうとしない。ヤンは我を謀ったのか。嘘をついたのか」

「ちがう、ちがう、そうじゃないんだ」

シマフクロウとの交戦から地球時間で七十五時間、約三日が経とうとしていた。今のところ、軍務局からの追撃も新たな攻撃もなくヴィヴァーチェII号は順調で平穏な飛行を続けている。

ただ、ヤンは忙しかった。忙しいのにも、途切れなく働き続けるのにも慣れてはいたから特別辛《つら》いとか、苦しいとか、うんざりするとか、そんな感情は微塵《みじん》もわかない。それどころではなかった。見習い兼下働き兼助手として、船内をくまなく動き回り、働き詰め、疲れてベッドにもぐり込んだとたん眠りこける日々が続いていたのだ。

ウラと遊ぶ余裕などまるでなかった。

「我は待っておった」

「うん」

「スオウが、遊びは仕事の後になるゆえ、ヤンの仕事が終わるまで待たねばならぬと申したからじゃ」

「スオウが」

「あ……」

限られた空間の中だ。スオウとは何度も顔を合わせた。ほとんど口をきかなかった。スオウの周りには、他者をきっぱりと拒み跳ね返す硬い壁が張り巡らされているようで、一歩が踏み込めなかった。

「ヤンは船で一番忙しい者だから、待たねばならぬとも申した。ヤンがきちんと仕事を為《な》さねば、みなが立ち行かなくなるそうじゃな」

「え……いや、それはちょっと言い過ぎかもしれない」

ヤンの仕事は多岐に亘《わた》っている。今日のように厨房《ちゅうぼう》のシンクや食器を磨いたり、ドクター・ミュウの肩を揉《も》んだり、揉みながら応急手当ての要点を聞き覚えたり、精密機器からエンジンまでをほぼ一人で整備するユイの助手を務めたり、さまざまな面の雑用を一手に引き受けていた。確かに、多忙だ。でも、おれにしかできないと胸を張れるものは、一つもない。自分の仕事を卑下する気はさらさらないが、重要な働きをしているという意識もまるで持てなかった。

だから、スオウがそんな風に語ってくれたと聞いて、意外だったし、驚きもした。面映《おもは》ゆくもあるし、嬉《うれ》しくもある。どこか誇らしい思いさえわいてくる。

ちゃんと見ていてくれたんだ。

ヤンたちから少し離れた場所で、壁にもたれ立っているスオウにちらりと視線を向ける。眼を閉じうつむいた横顔からはいつも通り何の感情も読み取れなかった。

「我はヤンと遊びたいのじゃ。ゴドの話がしたいのじゃ。それなのに、ヤンはいつまで待っても我の元にやってこぬ。我はもう待ちくたびれたぞ。いかがする」

「うーん、ほんとだ。そう言われれば、ウラとの約束を果たせずにいるな。ごめんよ、ウラ」

「謝らずともよい。そのかわり、我と遊べ」

「遊びたいけど、まだ仕事がどっさり残ってて、うーん困ったな……」

「ここがヤンの仕事場とやらか」

「仕事場の一つだ。厨房だよ」

そう言えば厨房に案内するという約束もまだ果たしていなかった。ウラが辺りを見回す。

「城のものと比べると、狭《せも》う感じるぞ」

思わず苦笑してしまう。

「それは仕方ないんだ。七面鳥を隅で飼ったりもできないしな。けど、船の厨房としては広い方なんだぞ」

長期の旅を余儀なくされる惑星間貨物船のクルーにとって食事は数少ない楽しみの

一つだ。メニューをそろえるために、どの貨物船も調理用の機材は能《あた》う限り整える。食事をたかが食事と笑えない。クルーの士気にさえ影響してくるものなのだ。タニはむろん、そのあたりの事情を誰より心得ていた。ヴィヴァーチェII号の厨房はヤンの知っているどの調理場よりりっぱだったのだ。

「ふーん、これが船の厨房か。ヤンはここでどのような仕事を為すのじゃ」

「いろいろだ。乾燥野菜をもどしたり、果物をむいたり、刻んだり、今は後片付けをしている。あっ、そうだウラ、おれの仕事、手伝ってくれないか」

「我がか？　我がヤンの手伝いをするのか？」

「そう。この布で皿の汚れを拭き取るんだ。ぴかぴかになるまでな。それから大きさや形を合わせて、こっちの殺菌機に入れる。できるかい」

「……わからぬ。一度もやったことがない」

「じゃあ、初めての手伝いだな。頼むよ、ウラ」

ウラがうなずく。おずおずと差し出された手にヤンは布巾《ふきん》を渡した。宇宙船にとって、いや、おそらく海を行く船にとっても、水は何より貴重なものだ。使用水は特殊浄化装置で真水に戻し、繰り返し使っているが、貯水率は徐々に下がっていく。

「本来なら火星の宇宙基地に寄って補給もできるんだが、今回はそうもいかんからな」

「火星の基地も反乱軍側に押さえられているんですか」

「わからん。しかし、その可能性は十分ある。のこのこ顔を出すにはリスクが高すぎるだろう。それにおれたちは、正式な許可のないまま出発したんだ。航行許可証のない船が基地内に着陸したとなれば何かと面倒だろうよ。補給は諦《あきら》めるしかないだろう」

「そうですね。燃料だけは心配ないのが唯一の救いです」

コクピットでタニとユイがいつもとは違う重い口調で話していた。

無補給のまま、ヴィヴァーチェII号は飛び続ける。一滴の水も無駄にはできないのだ。食器や備品の汚れは全て特殊繊維の布巾で拭《ふ》き取った後、食器は殺菌灯にあて消毒する。

「こうやって丁寧に拭き取るんだ。汚れを残さないようにな」

「うん、わかった。あっ、この皿は昨夜、我が使《つこ》うたものじゃな。確か人参のグラッセがのっておった」

「へぇ、よく覚えてたな。しっかり持って力をいれて拭いてくれよ」

「承知した」

ウラは白い小皿を手に取り、ゆっくりと力を込めて拭き始める。一枚、二枚、三枚。次はやや深めの皿をやはり三枚。六枚の皿を殺菌灯の下にきちんと並べ、息を吐き出した。それから、ヤンを見上げ、にっと笑った。

「できた」

頬がほんのり赤らみ、鼻の先がひくりと動く。

得意そうで満足した表情。

ナコだ。

ヤンは手を止め、小さな白い顔に見入った。

お兄ちゃん、できた。できたよ。

何かを成し遂げたとき、作り上げたとき、得意げに満足げにナコは笑んだ。頬を染め、鼻の頭を動かし笑った。今、目の前にあるのは、その笑顔だ。紛れもなく妹のものだ。

「うん、よくできた。初めてとは思えない。うまいぞ」

屈《かが》みこみ、榛《はしばみ》色の眸《ひとみ》を覗《のぞ》きこむ。呼びかけてみる。

「ナコ」

ウラが瞬《まばた》きをした。こくりと息を呑《の》み込む。ヤンをじっと見つめ返してくる。

「ナコ、兄ちゃんだ。わかるよな」

わかるよな、おまえが兄ちゃんのことを忘れるわけがないものな。

「ナコ、あのな……」

「そこまでにしてもらおうか」

いつの間に近づいていたのか、スオウがヤンの前を塞《ふさ》ぐように割り込んできた。

「あまり調子に乗るなよ。身分をわきまえるんだ。これ以上、姫に無礼な振る舞いは許さん」

ヤンは立ち上がり、こぶしを握る。

「きみは信じているのか」

「なに？」

「この子がウラ王女だと本気で信じているのか。それとも、違うとわかっていながら、芝居をしているのか」

顎《あご》を引き、スオウは一言「くだらん」と呟《つぶや》いた。

「おまえは頭はいいかもしれん。しかし、少々しゃべりすぎだな。べらべらとつまらぬおしゃべりは、もういい。うんざりだ」

ウラを抱き上げ、厨房を出て行く。素早い動きに後を追うのが一呼吸、遅れた。

「待て、待ってくれ」

厨房に隣接する『リビング』で追いつく。

「待ってくれ、スオウ。ちゃんと話を聞いてくれ」

差し伸べた指をスオウが払う。ヤンはその手首を掴《つか》んだ。しかし、振り払われるより先に手を離していた。もう一度、今度は引き止めるためではなく確かめるために、そっと触れてみる。

「スオウ」

「なんだ……」

「熱があるんじゃないか」

つかんだ手首は熱かった。熱を持ち、荒い鼓動を伝えてきた。

「放せ」

スオウが手を引く。額に汗が浮かんでいた。ほんのり赤らんだ顔の中で唇だけが白い。乾いているのだ。

「いらぬ世話をやくな」

「だって、こんなに熱いぞ。すぐにミュウ先生に診てもらった方がいい。そういえば、きみは傷の手当てをきちんとやったのか」

赤く滲《にじ》んでいた血の色を思い出した。あれが返り血ではなく、スオウ自身のものだったとしたら、かなりの出血ではないのか。

スオウの白く乾いた唇がめくれる。冷笑が浮かぶ。

「おまえは、本当におせっかいだな。そんなに他人のことが気になるのか」

「具合が悪いようなら気になる。誰であろうとな。当然だろう」

「当然？　ばかばかしい。他人を気にする暇があるなら、とっとと自分の持ち場に戻り山積みの仕事を片付けろ。愚図め」

「それこそ大きなお世話だ」

「諍《いさか》うでない」

ウラがふいに口を挟んできた。さほど大きくないけれど重みのある声だ。威厳さえ漂う。

「二人が諍えば我は悲しい。我のために、諍いを止めよ」

スオウは少女をそっと床におろすと、ちらりとヤンを見やりため息をついた。

「姫、ご容赦ください。今後二度と姫のお心に背くようなまねはいたしません」

「ならば、赦《ゆる》す。ヤンも我に誓え。二度と諍いはせぬとな」

「うん……あまり自信はないけど頑張ってみる。だけど、その前にスオウを医務室に連れて行かなくちゃ」

ウラの視線がヤンからスオウに移る。

「スオウ、ヤンの言うとおりにせよ」

「姫！」

「そなた、昨夜から何も食しておらぬであろう。ヤンの言うとおりじゃ。いつものそなたとは様子が違う」

「しかし、姫」

「我の命じゃ。背くな」

スオウが黙り込む。頬を一筋の汗が伝った。

「おっ、どうした？　またもめてるのか？」

シャワーを浴びていたのか、タニが髪を拭きながら『リビング』に入ってくる。後ろから、ドクター・ミュウの口髭《くちひげ》をたくわえた顔がのぞいた。さらに後ろにはドルゥが陰気な顔つきで立っている。

「医務室とか何とか言ってなかったか。そこは、もしかしたらおれの領分じゃないのかね。若いお二人よ、頼むからこの哀れなミュウおじさんの領土を、好き勝手に荒らさないでくれよ」

芝居じみた動作でミュウは、もじゃもじゃ頭を左右に振ってみせた。その動きが止まり、まじまじとスオウを凝視する。

「うん？　どうしたね、おまえさん発熱しているようじゃないか」

押し黙っているスオウにかわり、ヤンが答えた。

「かなりの熱のようです。先生、診療をお願いします」

「頼まれなくてもやるさ。おれの仕事だからな。お若いの、ちょっくら、我が巣穴まで来てもらおうかな」

スオウは動かない。背後で束ねた黒髪の先すら揺れなかった。

こいつ、何でこんなに頑《かたく》ななんだ。

腹立たしい。兵士というものは、こうまで他者を拒むものなのか。医者にさえ身をゆだねられないものなのか。だとしたら、何て硬直した不寛容な手合いなんだ。苛立《いらだ》ちと怒りが綯《な》い交ぜとなり、身の内を巡る。

ミュウがヤンを押しのけ前に出ると、無言でスオウの手首を握った。太い眉《まゆ》を顰《ひそ》める。

「脈がえらく速いな。それに妙な熱さだ。ただの熱じゃない」

「ただの熱じゃないって？　おいおい、先生、まさか性質《たち》の悪い伝染病じゃないだろうな。とんでもない話だぜ」

タニの顔色が変わる。完全な閉鎖空間である宇宙船内で伝染性の疾患ほど恐ろしいものはない。感染率はほぼ百パーセント、重症化する確率も高い。最悪の場合、搭乗者全員が罹患《りかん》、死亡というケースも考えられるのだ。しかし、ミュウは緩慢な仕草でかぶりを振った。

「そういう意味でなら、安心していい。おそらく、このお若いのは厄介な病気を背負《しょ》い込んじゃいないはずだ」

長い吐息がタニの口から漏れた。安堵《あんど》の色が面に表れる。

「いや、ほっとした。追っ手もなく、順調な飛行を続けてるんだ。ここまで来て、面倒なごたごたはごめんだぜ」

スオウの眼がタニに向けられた。

「後、どのくらいだ」

「目的地に到達するのにか」

「そうだ」

「地球時間に換算して、およそ九十二時間というところかな。なにしろ、海賊の出没する辺りなんて、かなり曖昧《あいまい》な申し出なんでね。確かなことは申し上げられませんがね。あっちが、『ヴィヴァーチェ御一行さま大歓迎』なんて旗でも振っててくれりゃあ分かりやすいが、そうも上手《うま》くはいかんだろう」

「九十二時間か」

「そうさ、九十二時間後に我々がどうなっているか、正直、おれには想像できないね。全員、海賊におっ捕まっちまって縛り上げられてる可能性もないじゃない。いや、かなり高いかな」

「それにしちゃあ、船長、やけに楽しそうに見えますぜ。おれとしちゃあ、どうにもぞっとしませんがね」

ドルゥが肩をすくめる。

「もっとも、あれだけの報酬をもらえるんだから、大概のことは我慢しますが」

「そうともドルゥの大将、ものすごいお宝を目の前にぶら下げられたんだ。おれたちには『はい』しか言えなかったよな。それに」

タニの眼差《まなざ》しから一瞬、力が抜けた。

「それにな、もしかしたら、あのライに会えるかもしれないんだ。あのバシミカル・ライにな」

ヤンはそのとき初めて、タニ船長の真意を悟った。タニが予測できない危険をおしてまで飛行を続けているのは、莫大《ばくだい》な報酬に目が眩《くら》んだだけではなかったのだ。

船長はライに会いたがっている。憧《あこが》れの英雄を一目みたいと望む少年のように、海賊の頭領に焦がれている。

おれは、ライのようになりたい。

そう言い切ったのはゴドだった。顎《あご》をあげ、胸を張り、誇らかにそう言い放った。

高揚した眼差しをしていた。

バシミカル・ライとはそんなに魅力的な人物だったのか。否応《いやおう》なく惹《ひ》かれてしまうほどの……いや、今はライのことなどどうでもいい。幻に過ぎないかもしれない相手に心を向けているときじゃないのだ。

ミュウと目が合う。よく肥えた初老の医師は全て心得ているというように頷《うなず》いた。

「このまま治療を拒むなら、九十二時間後にあんたがちゃんと立っていられると、医者としては保証できない。あんただって自信はないだろう。お若いの」

金壺眼《かなつぼまなこ》がスオウを凝視する。珍しくスオウは瞼《まぶた》を伏せ、横を向いた。ミュウの視線から逃げたのだ。ミュウは密《ひそ》やかな溜め息をつき、言った。いつもよりややしわがれた低い声だった。

「あんたが拒むのも分かる。けどな、命に代えても隠し通さなきゃならんほどの秘密でもないだろう。まして、ここは船の中だ。遅かれ早かれ……うん、いずれそのうちにバレることだ。バレたって別にかまわんだろう」

スオウが大きく眼を見開く。タニとドルゥがほとんど同時に首を傾げた。

「あんたはこのちっこい娘の護衛役なんだろう。そんな身体じゃいざというとき、とても務まらん。誰が見たってわかることだ」

それからヤンの方を向いて、二重になった顎をしゃくる。

「ヤン、この強情な若いレディを医務室に連行しろ。力ずくでもな」

「あ……はい」

レディという一言が胸にぶつかってくる。口の中が急に乾き、鼓動が大きくなる。どくっ、どくっ、どくっ。

ドルゥの口がぽかりと開き、桜色の舌がのぞいた。タニの口も半開きになっている。

「レディだって？」

「そうさ。若くて美しい女性じゃないか。おれは一目見たとき、わかったぞ。だてに医者をやってるわけでも散々女で苦労してきたわけでもないからな。どんな恰好《かっこう》をしていても女ならわかるさ。ふーん、ほんとにまるで気がつかなかったのか？　船長」

「まるで気がつかなかった……ヤン、おまえはわかってたのか」

「なんとなくですが」

「なんとなくねえ。おまえには女たらしの素質まであるのかよ。おれなんか……そりゃあまあ男にしちゃあ、ちょっと美人過ぎるとは思ってたが……きれいな男ってのもけっこういるからなあ。そうか女か、そうとわかっていたら」

「乗せなかったと？」

スオウの眸《ひとみ》が鋭く光る。相手を射竦《いすく》める眼だった。しかし、タニは怯《おび》えるかわりに、哀しそうに口元を歪《ゆが》めた。

「たぶん、乗せなかったな」

「なぜ？」

「女は厄介だからさ。いつでも、厄介ごとの原因になる。あんたみたいな若い美女は特に、だ」

ドンと鈍い音がした。スオウのこぶしがテーブルを叩《たた》いたのだ。

「おまえたちはいつもそうだ」

身体の熱とは別に、黒い眸の中で何かが熱くたぎった。それは、豪胆なタニをして思わず後ずさりさせたほど激しいものだった。

「女ということしか見ようとしない。女というだけで、わたしという人間そのものの本質も能力も精神もまともに見ようとしないんだ。何一つ、見ようとしない」

「いや、別におれは……」

「女だから船に乗れない？　女だから厄介ごとの原因になる？　ふざけるな。厄介なことをしでかすのは、たいてい男だろうが」

「そりゃあ、まあそうだが……」

「わたしは女だ。それがどうした。わたしが女であることが何かの差し障りになったか。おまえたちの足を引っ張ったか」

「いや、そんなことはないけれど、その……」

スオウは身を起こすと、上着のボタンを手早くはずした。その上着も、下につけていたおそらく特殊繊維の防護用シャツも脱ぎ捨てる。タニがさらに後ずさる。

「おい、まって。何するんだ」

スオウは白いコルセットを胸に巻いていた。それもちぎるように剝《は》ぎ取る。ドルゥが踏み潰《つぶ》された蛙そっくりの声をあげる。

うぎゃっ。

白い花が開いたようだった。白く柔らかな花弁を持つ花が咲いている。ヤンはそう感じた。

形の良い二つの乳房が呼吸とともに、上下している。肩から腰にかけての線が眩《まぶ》しいほど美しかった。こんなにたおやかで完璧《かんぺき》な身体を目にしたのは初めてだ。

美しい、確かに。

美しいと感じている自分に気づき、ヤンは慌てて眼を逸《そ》らした。動悸《どうき》が速くなる。耳の付け根が熱かった。そこにもう一つ心臓があって、どくどくと鼓動を刻んでいる気がする。

「この身体に生まれついたことは、わたしの罪か。わたしの意思で女に生まれてきたとでも言うのか」

「いや、まったくそんなことはなくて、そんなことを言っているわけじゃなくて……スオウ、わかった。おれが悪かった。女だろうが男だろうが、どうでもいい。頼む、服を着てくれ」

タニが両手を合わせて拝むまねをする。ドルゥは口を開けたまま、瞬《まばた》きもしない。ヤンは上着を拾うと後ろからスオウに着せ掛けた。

「ちくしょう」

スオウの呻《うめ》きが聞こえた。なぜか、胸が潰れるような気がした。見えない手で身体の内を掻《か》き毟《むし》られているような感覚もする。どちらも痛い。その痛みをこらえ、できるだけ冷静な口調で言う。

「スオウ、もういい。それより早く手当てをしないと」

「そうだ。かなり急ぐ必要がありそうだ」

ミュウがスオウの肩口に顔を寄せる。無造作に巻かれていた布を取り去る。赤く爛《ただ》れた患部が目に飛び込んできた。

「これは……銃創だな。膿《う》み始めているじゃないか。熱が出るのも当たり前だ。まったく、なんでこんなになるまで放っておくんだ。バカだ、アホだと嗤《わら》われても仕方ないぞ。女とか男とか以前の問題だ。まったく。ヤン、おまえの助手としての腕の見せ所だ。行くぞ」

ミュウが普段の動きからは想像もできない素早い足取りで『リビング』を出て行く。

ヤンはウラを抱き上げタニに渡そうとした。

「ウラのこと頼みます」

「おう、まかしとけ」

「嫌じゃ」

ウラが足をばたつかせる。

「我はスオウとヤンの傍におる。一人、待つのは嫌じゃ。嫌じゃ」

「ウラ」

「お願いじゃ、ヤン。我を傍においてくれ。決してじゃまにはならぬ。いい子で座っておる。誓う」

ウラは取り残されることを恐れていた。おそらく半分も事情は呑《の》み込めていないだろう。それでも、いや、だからこそ、不安にかられている。小さな身体と心には重過ぎる不安と恐怖を味わっている。

お兄ちゃん、お兄ちゃん。

兵士に拉致《らち》され、家族から引き離されたとき、ナコは何度もヤンを呼んだ。

お兄ちゃん、助けて、お兄ちゃん。

よみがえってくる。不安と恐怖におののく幼い叫びがよみがえる。

「わかった。いっしょに行こう。スオウ、歩けるか」

スオウは無言のまま頷《うなず》いた。猛《たけ》った感情はすでに凪《な》いで、疲労の影が目元に表れている。

「わたしを軽蔑《けいべつ》するか」

医務室へ向かいながらスオウが呟《つぶや》く。独白に近い呟きだった。

「きみを？　なぜ？」

「感情に振り回されて、つまらぬ行動をとった」

「それは軽蔑すべきことなのか」

「そうだ。恥ずべきことだった」

「おれはそうは思わない」

足を止めたスオウを見やり、続ける。

「おれは……感情をありのままに吐露することが恥ずかしいなんて思えない。軽蔑すべきことも、恥ずべきことも、もっと他にあるはずだ」

何か言いかけた口を一文字に結び、スオウは幻の敵に立ち向かうかのように表情を引き締めた。


誰かが足踏みをしている。

トントントン。

誰だ？　ゴドか？　何をしてるんだ、ゴド？　ダンスの練習か？　まさかそんなわけないか。

トントントン、トントントントン。

ヤン、ヤン、ヤン。

ヤンは飛び起き、枕もとの灯《あか》りを点《つ》けた。収納式のベッドと机があるだけの簡易個室だ。部屋というよりカプセルに近いかもしれない。それでも、ヤンに与えられた唯一の私的な空間だった。

　トントントン、トントントン。

「ヤン、我じゃ、ここを開けよ」

「ウラ」

　ドアを開ける。白いガウンをはおったウラが通路にポッンと立っていた。やや後方にウオッカが止まっている。

「ヤン、スオウが」

「スオウがどうかしたのか」

「わからぬ。我が呼んでもろくに返事をせぬ。苦しそうだ。水を欲しがっておるが、我はどのようにしたらよいか、わからぬのじゃ」

　銃創の化膿《かのう》は厄介なんだ。今晩辺り、ちょっと辛《つら》いかもしれん。

　治療をしながらミュウが言った。その後、スオウを上目遣いに睨《にら》みつけ、

「こういうのを自業自得と言うんだ、お若いの。意地を張るのもたいがいにせんと命取りになる。今度からは頭にきざんでおけよ」

　と、付け加えたのだ。そしてさらに、

「自分の命ぐらい大切に扱え、ばかもんが」

と、吐き捨てた。ミュウはミュウなりに腹を立てていたのだ。

「わかった、すぐに行く」

ミュウ先生を起こそうか。

ちらりと過《よ》ぎった思いをヤンはすぐに捨てた。

「おれにやれるだけの手当てはした。ここではこれ以上は無理だ。後は、おまえさんの体力しだいだな。この程度で負けるようじゃ、船に乗る資格はないけどな。それも、きざみつけておけよ、レディ」

スオウの背にミュウがかけた一言を思い出したのだ。

ウラを抱き上げ、特別キャビンに走る。

「よく、おれの部屋まで来られたな、ウラ」

「ウオッカに案内をさせた。ヤン、スオウを救うてやってくれ」

ウラはヤンの首に手を回すと、額を押し付けてきた。微《かす》かに震えている。

「だいじょうぶ。何も心配しなくていいから」

背をさすると、ウラは大人のような物憂いため息をもらした。

特別キャビンはヤンの部屋の何倍もの広さがあった。二部屋に分かれ一室はウラの寝室に、他方は居間とスオウの寝室との兼用になっているらしい。

「スオウ」

居間の隅に設えられているベッドに近寄る。荒い呼吸の音が聞こえた。スオウが僅かに身じろぎをする。何かを小さく呻《うめ》いた。

「苦しいのか」

額に手をやると、火照りが伝わってきた。驚くほど熱い。

枕もとの水差しからグラスに水を移す。

「スオウ、水だ。わかるか？　これを飲むんだ」

スオウを抱きかかえ、口元にグラスを持っていく。

「飲むんだ。水分をとれば少しは楽になる」

本当に楽になるのかどうか、ヤンにはわからなかった。ただ、「楽になる」という一言をスオウに届けたい。

もう少しだ、もう少しで楽になる。

苦痛をしのいだ果てに安息はやってくる。死という究極の安息ではなく、生きていてこそ味わえる安らぎだ。

しのいで、生きて、楽になれ。

こくり。スオウの喉元《のどもと》が動いた。水を飲み下す。瞼《まぶた》があがる。黒い睫毛《まつげ》に縁取られた眼がヤンを捉《とら》えた。

「……まだ」

「水か。わかった、待ってろ」

グラスにさっきよりなみなみと水を注ぐ。その一杯を一息に飲み干したとき、スオウの全身から力が抜けた。胸に火照る身体がもたれ掛かってくる。黒い豊かな髪がヤンの膝の上に流れた。

「ウラ、乾いたタオル、持ってこられるか」

ウラが首を横に振る。

「すまぬ。我には……できぬ。どこにあるのか、わからぬのじゃ」

「じゃあ、ウオッカに命令してくれ。タオルを三枚、もってくるんだって。いいか、ウオッカは具体的に言わなきゃわからない。清潔な乾いたタオルを三枚だ。それとバケツに五十パーセントの氷水だ。命令したらウオッカの後をついていけ。タオルのある場所に案内してくれる」

「わかった」

ウラはスキップするような足取りで通路に出て行った。

「姫を……婢女《はしため》のように使う気か……」

スオウが喘《あえ》ぐ。

「使える者は誰であろうと使う。船の鉄則だ。それにウラのためにもなるだろう」

「……姫の……」

「そうだ。ウラはきみが考えているよりずっと使えるんだ。保護され祭り上げられるだけの存在じゃない。誰かのために働けるんだ。その能力も気持ちも十分にある。それってウラの可能性じゃないか。彼女自身がその可能性に気づけば、大きな自信になるはずだ」

ふっ。笑いなのか、ただの息差しなのかスオウが微かな息音をもらす。逸《はや》る鼓動を気取られたくなくてヤンは僅かに身体をずらせた。

「……おまえは屁理屈《へりくつ》ばかりだ……」

弱くかすれた声だった。それなのに、鮮やかに耳に届いてくる。

「理屈ばかりで……説教癖があって、おせっかいで……最低だ」

「かもしれない。何でも理詰めで考えるのは、おまえの悪い癖だと言われた」

「……親友にか……」

「祖母だ。ばあちゃんさ。世の中には理屈じゃ割り切れないことがいっぱいあるんだ。人間ってのは理屈じゃ計れないもんさ。それを知らないうちはまだ子どもだねって」

ヤン、人間ってのは理屈じゃ計れないもんさ。人生もそうだよ。祖母がスープ用の豆を選《よ》り分けながらそう語ったのはいつだったろう。あれは、賢《さか》しらな口を利く孫をやんわり諌《いさ》めた言葉だったのだろうか。驕《おご》らぬ本物の知性をお持ちと諭した一言だったのだろうか。皺《しわ》に埋もれた小さな目や穏やかな物言いが懐かしい。

「……ヤン」

「なんだ」

「妹とは……そんなに愛しいものか」

「うん。愛しい。おれとナコは随分歳が離れているから、余計かもしれないけど。父親も早くに亡くなったし……なんだか、兄貴というより保護者みたいに感じることがよくあった。だから、幼い者を守ろうとするきみの気持ちが少しは理解できる」

「わたしは……おまえとは違う。役目だ……」

ほんとうに役目だけなのか。そう問いかけようとして、ヤンはさっきスオウが初めて自分の名を呼んだことに気がついた。おまえではなく、名を呼んだのだ。

ヤン。

「ヤン、もう少し……」

「うん？　なんだ？」

「もう少し、このままで……」

胸にもたれかかってくる肩に手を回し力をこめる。

「負けるなよ、スオウ、傷なんかに負けるな」

はげますことしかできない。きみはこの宇宙の中で一人ではない。傍《かたわ》らにはげます者がいる。そう伝えることしかできない。

「ヤン、これでよいのか」

ウラが両手に山ほどタオルを抱えて部屋に走りこんできた。二十枚ちかくはあるだろう。

「ウオッカにタオルのある場所を教えてもらった。足らぬのならまだ持ってくる」

「上等だ。ウラ、すごいぞ」

「水はウオッカが持っている、あれでいいか」

ウオッカはきっちり半分まで水の入った掃除用バケツを提げていた。水は入っていない。

「う……まぁいいか。ウラ、水の中にタオルをつっこんできつく絞ってくれ。スオウの汗を拭《ふ》くんだ」

「タオルを絞るのか」

「そうだ、できるだけ固くな。滴が落ちないぐらいしぼるんだ」

「どのようにすればよい。我は知らぬ」

「タオルの絞り方も知らないのか」

非難するつもりはなかったが驚いた。いくら王女とはいえ、タオル一枚絞れないなんて。ウラの顔が歪《ゆが》んだ。今にも泣き出しそうな顔だ。いや、ほんとうに目の縁に涙が滲《にじ》んでいる。

「泣くな！」

ヤンの一声にウラは息を止めて身体を硬くする。こんな風に怒鳴られた経験など一度もなかったのかもしれない。

「泣いている場合じゃない。ともかく、乾いたタオルを三枚残して、あとはバケツに入れろ」

「わかった」

ウラがたどたどしい手つきでタオルを水に浸《つ》ける。ヤンはスオウをベッドに横たえようとした。しかし、スオウの指が上着を強く握りこんで、放さない。

すがっているのか？

しがみついてくる指の上にそっと手を重ねてみる。

吐息に掻《か》き消されそうなほどか細い声が聞こえた。

「……兄上」


ウラは他者に守られるだけでなく、他者を守ることもできる。それだけの力があるはずだ。

ヤンの想像は外れてはいなかった。いや、ウラの成長と働きは想像をはるかに超えるものだった。病人の看護に必要な知識など何一つ知らなかったけれど、教えたことを確実に、しかも素早く理解し、的確に動けた。タオルを絞るのさえ覚束なかった少女は、二日もしないうちに温めた布で清拭《せいしき》するコツまできちんと飲み込んでいた。

「ミュウ先生が感心していた。並外れた回復力だって」

温かなスープを渡しながらヤンがそう告げると、スオウは皮肉な笑みを浮かべた。

「当たり前だ。早く回復しなければ、いつまでも姫に身体を拭いていただくことになる」

上半身を起こし、スオウはスープをすすった。

「姫にお世話をしていただくなどと……信じられぬ。まったく、とんでもないことだ」

「仕方ないだろう。適役はウラしかいなかった。まさか、おれや船長が清拭するわけにはいかないし」

「そんなことをしてみろ、ぶっ殺してやる」

「我はかまわぬぞ」

スープの皿から顔をあげ、ウラが言った。

「我はもっと看護とやらをしてみたい。スオウ、もう少し病人でいるがよい。我がずっと身体を拭いてやる」

「姫、どうかご容赦ください。もう、自分でできますゆえ」

「なぜじゃ。つまらぬ」

「ウラ、それじゃあ、今度は掃除の仕方を覚えよう。ウオッカにはできない床の隅を磨くんだ。それに洗濯や皿洗いもな」

「うん、やる。我はやりたいぞ、ヤン」

「よかった。これで雑用係が一人増えた。期待してるぞ」

ウラと手のひらを叩《たた》き合わせる。バシリといい音がした。

「あまり調子に乗るなよ」

スオウが低く呟《つぶや》く。わざと聞こえないふりをした。体調が回復するとともに、スオウはまた、自分の周りに壁を張り巡らせようとしていた。他人を寄せ付けない、他人に踏み込むことを許さないための壁だった。それでも、当初に比べれば、その壁が少し低くなった気がする。こうしてスープや茶をすすりながら短い会話を交わすし、素直に頷《うなず》きもする。

親しげに近づいても、馴《な》れ馴れしく傍によっても手厳しくはねつけられるとわかっていたから、ヤンは壁の一歩手前で立ち止まっていた。これ以上は進めない。

わかっている。よく、わかっている。それでも……。

それでも尋ねたいこと、話したいことはある。疼《うず》くほどにある。

なぜにそこまで女である身を厭《いと》うのだ。

あの激情は何ゆえなのだ。

きみには兄さんがいるのか。無意識にすがるほど慕っている兄がいるのか。

きみはおれの名を呼んだ。それを覚えているか。

「スオウ」

「うん？」

「いや……スープの味はどうだ」

「美味《うま》い。あの料理人、なかなかの腕前だな」

「おれが作った」

「おまえが……ふーん。で、何だ？」

「え？」

「わたしに尋ねたかったのはスープの味だけか」

スープを飲み干し、スオウはヤンに顔を向けた。真正面から漆黒の眸《ひとみ》がぶつかってくる。ゆるぎのない眼差《まなざ》しだ。

尋ねたいことも、話したいことも疼くほどにある。しかし……。

緊急事態を告げるブザーが鳴り響いた。同時にヴィヴァーチェⅡ号の動きが完全に停止する。

「全員、コクピットに来い。すぐにだ」

タニの上ずった声がブザーに重なる。ヤンはキャビンを飛び出し、走った。

緊急事態？　何事だ。なぜ、止まった？　まさか、また追っ手が現れたのか？　それとも、推進装置の故障？　破損？

「船長」

コクピットの中に飛び込んで行く。すぐ後からドルゥが、少し遅れてミュウがやってきた。

タニとユイが背を向けて立っていた。

「船長、なにごとです。敵ですか」

ユイがゆっくりと振り向く。真っ青な顔をしていた。血の気の失《う》せた唇が動く。

「見ろよ」

ひどく緩慢な動作で身体をずらす。前方の窓を指差す。

ヤンはその場に棒立ちになり、そのまま動けなかった。息すらできない。

目の前に紅い機影が浮かんでいた。

紅色の鱏《エイ》形宇宙船AA7。

「ヴィヴァーチェ……」

「そうだ。ヴィヴァーチェだ。本物だぜ」

タニが呻《うめ》いた。頬の線が震えている。

「どうして、こんな近くに来るまで気づかなかったんです。レーダーが故障していたんですか」

ヤンの声も震えていた。身体も声も震えてしまう。得体の知れない不気味さが紅《あか》い船から漂ってくる。

「レーダーは正常だ。ただ、捉《とら》え切れなかっただけさ」

「捉え切れなかった？　最新鋭のレーダーがですか？」

タニの顔がヤンに向けられる。やはり青白い。

「突然、現れた」

「え？」

「ゆらりと空間が歪《ゆが》んだと思ったら、突然に現れたんだ。一秒前には、何もなかった空間にな……」

「そんな……」

ユイがよろめき、床に座り込んだ。

「ヴィヴァーチェ、ほんとうに幽霊船だったんだ。おれたち、幽霊に捕まっちまった」

悲鳴に近い声をあげる。

ヤンは宇宙空間に浮かぶヴィヴァーチェを見つめる。生まれて初めて目にする伝説の船。

紅い。

こんなにも紅かったんだ。

立ち尽くし、瞬《まばた》きさえ忘れていた。

ヴィヴァーチェ、紅色のエイが静かに近づいてくる。

三章　幽霊船

空気が固まる。

それを実感する。

ヤンは口を半開きにしたまま、喉《のど》を震わせた。そうしないと、肺まで酸素が届かない。コクピットの空気が凝固し重さと粘度を持つ。

ヤン、タニ、ユイ、ドルゥ、ミュウ。そこにいる誰もが、空気の重さに身動きできずにいた。ユイは床に座り込んだまま、他の者は立ち竦《すく》んだまま、前方を見詰めている。瞬きさえしない。

どれくらいの時が経っただろう。

永遠にも一瞬にも思える自失の時間が過ぎた。思考力がヤンの中に戻ってくる。砂地に染み出す地下水のように、じんわりと広がってくる。

ヤンはゆっくりと息を吸い、吐き出した。身体の中を風が巡る。指先まで行き渡る。

深呼吸を繰り返し、スクリーンに目を凝らす。

そこにヴィヴァーチェがいる。

美しかった。

紅色の鱏というより、漆黒の宇宙空間に花弁を開いた紅の花のようだ。濃厚、芳《ほう》醇《じゅん》な花の香りさえ漂ってくる気がした。むろん、幻覚だ。ヴィヴァーチェは花ではなく宇宙船だった。はるか昔、宇宙という大海原で難破したはずの船だ。

幻覚だ、幻覚だ。わかっている。でもやはり、美しい。想像していたより、ずっと美しい。

「船長」

横に立つタニに話しかける。

「ヴィヴァーチェは、さっきから停止したままです。攻撃をしかけてくる様子はないようです。なぜ……動かないんでしょうか」

動かないのか。動けないのか。

「ああ、確かに。不意に現れてからぴくりともしないな。おれん家《ち》の庭の蛙の置物みてえじゃないか。まさか、故障して動けないなんてこたぁ、ねえよな」

意外にも冷静な受け答えが返ってきた。

「おまえさんの住処《すみか》は、船員用のボロアパートじゃないか。どこに庭なんかついてたんだ？　こんな状況でも見栄を張れるとは、さすが船長だけのことはあるな」

ドクター・ミュウの声音も落ち着いていた。震えても掠《かす》れてもいない。タニがひょいと肩を竦める。

「こんな状況でも、突っ込みをいれられるなんて、さすが選ばれし船医だけのことはありますぜ、先生」

ミュウが顎《あご》を上げ、ちらりとヤンを見やった。

「いや、なぜかな。このぼうやの声を聞いたら気持ちがスッと楽になってな、恐怖が消えた……消えてしまったわけじゃないが、半分くらいには減った気がしたんだな」

「聞いたか、ユイ。ヤンの声には鎮静効果があるそうだぜ。耳元で子守唄《うた》でも歌ってもらおうか」

「……遠慮しますよ」

ユイが立ち上がる。足元が少しふらついていたが、表情はさほど強張《こわば》ってはいなかった。やはり、ヤンを横目で見やった後、大きく息を吐き出した。

「まだおネンネの時間にはちっと早いんでね。まったく……お恥ずかしい様を見せちまって……副船長より見習いの方が冷静だったなんて、航海日誌に記録しないでくださいよ、船長」

「わかった。副船長ユイが幽霊船を目にした途端、床にしゃがみ込んだとか、悲鳴をあげたとか、絶対に書かないと約束する」

「勘弁してくださいよ。こりゃあだめだな。当分、笑い話のネタにされる」

ユイはもう一度、ため息を吐き、後ろ頭を搔《か》きあげた。

コクピットの空気が揺れる。緊張が、柔らかく融《と》けて行く。ヤンの背後でドルゥが小声で何か言った。祈りのようにも悪態のようにも聞こえた。「まったくとんでもねえ旅だで」。最後のその一言だけが、辛うじて聞き取れた。

「スオウ」

微《かす》かな風がおこり、僅《わず》かな芳香を感じる。幻香ではなく、現《うつつ》の匂いだ。

隣にスオウが立っていた。きっちりと上着を着込み、腰には光子銃を携えている。

「起き上がったりして、だいじょうぶなのか」

スオウは答えなかった。ヤンの言葉など隻句も耳に入らなかったかのように、黙したままだった。

ウラはどうした？

問い掛けを呑《の》みこむ。スオウがウラを放置するわけがない。キャビンが最も安全だと判断したからこそ、置いてきた。

視線は画面に釘付《くぎづ》けになっている。

「現れたか……」

唇がめくれ、薄い笑いが浮かんだ。ヤンは操作パネルに手を伸ばし、誰にともなく頷《うなず》いていた。

「現れた。しかし、何の反応もない。さっきから、ずっとこの状態だ。動かず、ただ見ている」

「見ているだと？」

「ああ、見ているんだ。このヴィヴァーチェⅡ号を観察してるんだ」

「なぜ、そんなことがおまえにわかる？」

「カンだ」

「カン？　そんなあやふやなものが当てになるか」

「コンピューターが弾き出した数字より人間のカンの方が当てになる。そういうときも、あるんだ」

「ふふん、またお得意の屁理屈《へりくつ》か」

今度はヤンが返事をしなかった。スオウに答える代りに、タニに顔と言葉を向ける。

「船長、スクリーンの画像を拡大します」

「あ？　あ、そうだな。最大にしてくれ」

「はい……うん？」

「どうした？」

「操作が……不能です」

背筋に汗が流れた。身体の芯《しん》が冷えて行く。

「拡大機能が……いや、拡大だけじゃない。ディスプレイ装置の機能が全て操作不能です」

「なんだと、そんな馬鹿な！」

タニより一呼吸分早く、ユイが操作パネルに飛び付いた。

「……船長、本当です。まったく動かない」

「そんな……、ユイ、ロケットを逆噴射させろ。この船の針路を40宇宙フィート、太陽よりに修正するんだ」

「了解」

ユイが操縦席に座る。オーバーヘッドパネルに手を伸ばした瞬間、小さな悲鳴をあげた。

「船長、だめです。全ての機器が操作できない」

　空気が再び固まる。いや、凍りつく。

　操作不能、制御不可。

　動けないのは、こっちだったんだ。

「くそっ、何てこった」

　ユイがこぶしをＥＩＣＡＳ（エンジン指示およびクルー警告システム）画面の上に叩《たた》きつける。

「馬鹿、やめろ。おれの船を意味もなく打《ぶ》ったたくな。痛いじゃないか」

　タニが声を荒らげた。自分自身が殴られたかのように、顔を歪《ゆが》める。

「動いたぞ」

　スオウが息を呑みこんだ。

　ヴィヴァーチェがゆっくりと、実にゆっくりと旋回を始めたのだ。

「なんだぁ、おれたちにケツを向けるってか」

「逃げようとしてんじゃないですか」

「逃げる？　この状況で、何であっちが逃げなきゃいけない。おまえの顔でもドアップで見ちまったのか、ユイ」

「船長、冗談言ってるときじゃないでしょ。このまま、あちらさんが消えてくれるなら御の字ってやつだが……現実はそんなに甘くないでしょうな」

「ここで甘くなってくれたら、おれは一生、フルロットが食えなくても我慢するがな」

ヴィヴァーチェは完全に百八十度、回転した。尾翼がはっきりと目に映る。そこも深紅だった。

尾翼の先が、緑色に点灯を始める。ヤンは身を乗り出した。

「船長、宇宙信号です」

「緑か」

タニの身体から力が抜ける。肩が僅かに下がった。

「音声化装置が使えない。解読できるか、ヤン」

「はい」

緑の光の点滅。それは、ヴィヴァーチェ側に攻撃の意志のないことを表している。攻撃の意志があれば、黄色の点滅のはずだ。とりあえずの危機はない。タニだけでなく、コクピット内の全員が露骨にあるいは密《ひそ》やかに、安堵《あんど》の吐息をもらした。

「キ・ャ・ク・ジ・ン・ニ　ツ・ゲ・ル　ワ・レ・ラ・ノ・ア・ト・ニ　シ・タ・ガ・エ　ク・リ・カ・エ・ス　ワ・レ・ラ・ノ・ア・ト・ニ　シ・タ・ガ・エ」

客人に告げる。我らの後に従え。繰り返す。我らの後に従え。

不意に、光が黄色に変わった。

「サ・モ・ナ・ク・バ・テ・キ・ト・ミ・ナ・シ　タ・ダ・チ・ニ・コ・ウ・ゲ・キ・ヲ・カ・イ・シ・ス・ル。さもなくば、敵とみなし、ただちに攻撃を開始する。繰り返す。さもなくば、敵とみなし、ただちに攻撃を開始する」

光が消えた。

ヤンは額に手を当てる。知らぬ間に汗が噴き出ていた。

「馬鹿野郎が。客人としてもてなすつもりなのか、攻撃してくるつもりなのか、はっきりしろ。もったいぶりやがって。第一、操縦できないのに、従うも付いて来いもねえだろうが。それとも、負んぶでもしてくれんのかよ」

「船長！」

ユイが操縦席から振り返った。目尻《めじり》が痙攣《けいれん》している。

「操縦システムが手動のみ操作可能になりました。ヴィヴァーチェII号機、動けます」

「な……」

タニが半開きにした口を慌てて閉じる。唇を嚙《か》み締める。

「くっ、こっちの機能を好きなように扱えるってアピールしてやがんのか。舐《な》めた真似しやがって」

「どうもしねえよ。おれたちに選択肢があると思うか？　従うしかねえんだよ。端から勝負はついてるんだ。けっ、とんだ八百長試合だぜ。むかつく。ユイ、ヴィヴァーチェのケツに、しっかりくっついてやんな。そういやぁ、おまえはケツのでかい女が好きだったよな」

「ですね。ロケットでも幽霊でもない生身の女の尻《しり》が、心底懐かしいですよ」

ユイの指が操作パネルの上を忙しく動き回る。

ヴィヴァーチェⅡ号機が微《かす》かに震えた。

「……どこに行くんだ。と尋ねても答えられるやつは、いないよな」

ミュウが、コクピット内に視線を巡らせる。

「せっ、船長。どっどうなるんでやす。幽霊船なんかについていってええんでがすか」

ドルゥがふらりと一歩、前に出た。語尾が掠《かす》れて消える。

「ついていかなきゃどうなる？　この船は木っ端微塵《みじん》にされちまうぞ。おれたちは一巻の終わりさ。それこそ、幽霊になって宇宙を彷徨《さまよ》わなくちゃならなくなる。そんなの御免だろうが、ドル」

「ドルゥでやすよ。確かに幽霊になるには、おれはちょっと若過ぎるんで。御免こうむりやす」

「じゃあ、黙ってろ」

「けど、けど、船長。ヴィヴァーチェは幽霊船なんでやしょ。だとしたら、行き先は地獄と決まってんじゃねえですかい」

地獄。

その一言がやけに生々しく響く。

「へっ、ここまできてびびるな」

タニが腕組みをする。態度にも口調にも、余裕がもどっている。

「あっちが地獄に招待してくれるんなら、謹んでお受けしようじゃないか。いいか、この船はヴィヴァーチェII号だ。地球で最高の貨物船なんだ。それを忘れるな。忘れないで、どんと構えてろ」

ミュウが髭《ひげ》の先を指で整えながら、かぶりを振った。

「お言葉を返すようで悪いがな、あんまり、いや、まるで説得力がないな。地球で最高の貨物船が、幽霊船や海賊船に太刀打ちできるとはどうにも思えんよ、タニ」

「太刀打ちできないから、静かについていってるんですよ。先生。けど、だいじょうぶです。こっちが大人しくしている限り、我々に危害を加えるようなことはないですよ、先生」

「ほう、なぜ、そこまで言い切れる？」

タニが目を細める。頬が仄《ほの》かに赤らんだ。

「あれが本物のヴィヴァーチェなら……間違いなく本物だろうが、だとしたら指揮をとっているのは、ライ、バシミカル・ライだ。あの男が意味もなく、一般人を殺すわけがない」

バシミカル・ライ。

その名を口にしたとき、タニの頬はさらに上気し、うっすらと笑みさえ浮かんだ。

バシミカル・ライ。

最底辺に生きる貧民の出でありながら、独学でロケット工学を学び一流のクルーとなり、宇宙へと飛び立った男。誰より聡明《そうめい》で勇敢だと称《たた》えられた男。ヴィヴァーチェの悲劇の主人公にして殺人鬼と呼ばれ、さまざまな憶測やうわさ話の因《もと》を作り、今にいたるまで語り継がれる男。

親友のゴドは、ライに対する憧憬《どうけい》を口にした。タニはヴィヴァーチェを初めて目にした日の高揚をまだ、覚えている。

宇宙に憧《あこが》れる者の、宇宙を目指す者の、宇宙を翔《か》ける者の胸奥にバシミカル・ライは何か特別な灯《あか》りを点《とも》す。忘れられない存在になる。

なぜだろうか。

あの紅い鱏にライが乗船しているのなら、おれたちをどこに誘うつもりなのだろう。ヤンの胸に不安や恐怖より、よほど強く、好奇心と決意が渦巻く。先を見据えようとする決意、予想不可能な未来に対する好奇心。

何が始まる。何が起こる。

「あっ」

ユイが叫んだ。

ヴィヴァーチェの翼端灯付近から、黒いロープのような物が何本も現れたのだ。ロープというより触手に近いかもしれない。獲物を求めるようにくねくねと波打ちながら、ヴィヴァーチェII号に絡み付いて来る。

ユイが再び叫んだ。

「船長、また、制御不能に陥りました。まるで、コントロールできません」

「なんだと？　この船を曳航《えいこう》するつもりなのか」

「宇宙空間でか？　相手の推進力を奪っておいて、わざわざ引っ張っていく？　何のためにそんなややこしいことをせにゃならんのだ」

ミュウが自分の髭を引っ張った。

「ヤンぼうや。おまえさんには、正解が見えているのかね」

「いえ、まるで見当がつきません。あ、また信号が」

緑の光が点灯を始めた。

「シ・バ・ラ・ク・ノ・ア・イ・ダ・タ・エ・テ・モ・ラ・イ・タ・シ。暫《しばら》くの間、耐えて貰《もら》いたし」

「耐えるって？　どういう意味だ？」

タニが首を傾げたとき、ドアが開いた。

「みなのもの、いかがいたした。我は仕事を望むぞ。ヤン、スオウ、我に仕事を」

「姫！」

スオウが素早くウラを抱き上げた。

「なりませぬ。ここは危のう」

スオウは最後まで言い切ることができなかった。

膝《ひざ》をつき、呻《うめ》く。

スオウだけではなかった。

タニもユイもミュウもドルゥもウラも、そして、ヤンも耳を押さえ、その場に突っ伏した。

頭が痛い。

見えない手が脳を掻《か》きむしる。

何だ、これは？

特殊音波？　耳には聞こえず、人の意識を切り裂く。

「くっ……ちくしょう」

スオウが低く唸《うな》る。その腕の中でウラが失神する。ウラに覆い被《かぶ》さり、スオウもまた動かなくなった。

ヤンは薄れて行く意識の中で、起き上がろうともがく。

これは特殊音波だ。遮断しなければ。遮断しな……。

全てが闇に閉ざされていく。

「お兄ちゃん、お兄ちゃん」

ナコの声が聞こえる。ナコが呼んでいる。

「お兄ちゃん、起きてよ。いいお天気だよ」

楽しそうな声だ。生き生きとして、弾んでいる。

「みんなでピクニックに行くんだよ。ママがね、いっぱいいっぱいフルロットを焼いたの。いっぱいだよ。すごくいい匂いがするの。ナコ、嬉《うれ》しいな」

ナコ、元気なんだな。幸せなんだな。

「お兄ちゃん、早く起きてよ。起きないと、お空が曇っちゃうよ」

あぁ、そうだな、起きなくちゃ。ナコ、目を開けておまえを見たい。抱き上げたい。ナコ……。

ヤンは悲鳴をあげそうになった。いや、あげたのだ。叫びは微《かす》かに喉《のど》を震わせただけで消えてしまった。

身体が動かない。

硬直し、固まり、指一本、自由にならない。

「お兄ちゃん、どうしたの。どうして、起きないの。ねぇお兄ちゃん、起きてよ」

ナコの声が震える。泣きそうになっているのだ。既に涙が盛り上がり、零《こぼ》れ落ち、頬を伝っているかもしれない。

「ナコ、もう止めなさい」

「ママ、だってお兄ちゃんが起きないんだよ」

母さん？　母さんなのか？

「お兄ちゃんはもう起きないのよ。もう、目を覚まさないの」

母の声も震えている。ナコよりも、もっと震えている。

母さん、何で泣いたりしてるんだ。起きるよ、すぐに。

身体はやはり動かなかった。喉が渇く。口の中もからからだ。舌が干上がって痛い。

「ヤン、馬鹿野郎。死んじまうなんて、馬鹿だ……。おまえの棺《ひつぎ》の蓋《ふた》を閉めなけりゃいけないなんて……おれは……」

ゴドだ。ゴドまでいるのか。けど、今、何て言った？　棺？　死んじまう？　おまえも母さんも、いったい何を言ってるんだ。

ヤンは必死に瞼《まぶた》を持ち上げようとした。

だめだ。

すすり泣きが響く。耳の奥で渦巻く。妹の、母の、親友の泣き声が……。まってくれ。ナコ、母さん、ゴド。おれは死んだりしていない。生きている。生きているんだ。

瞼が開いた。

光が飛び込んでくる。

紅、藍《あい》、紫、白、緑、臙脂《えんじ》、金。光はさまざまな色に輝きながら四方に散る。反転し、ぶつかり合い、砕け散る。ヤンの視界は色彩と光に溢《あふ》れた。それは、闇よりずっとおぞましかった。光が縺《もつ》れ合いながら、迫ってくる。餌食を見つけた大蛇のように、ヤンに襲いかかってくる。

止めろ！

叫びが喉を突き破る。全身に汗が噴き出た。

助けて、誰か。光に食われる。

頬に痛みが走った。肉を打つ音がはっきりと耳に届く。

「目を覚ませ」

鮮烈な声だ。氷の柱に似ている。ほとばしる水に似ている。冬そのものに似ている。

鮮烈で冷たい。そして、美しい。

覚醒《かくせい》を促す声だ。渇き切った喉と痺《しび》れた精神に染みる。

目の前から光が消えた。薄闇の中に、白い面《おもて》が浮かび上がる。

「スオウ……」

スオウの胸が動いた。息を吐き出したのだ。

「やっと、お目覚めか。えらく、のんびりしていたな」

「ヤン、無事であるか」

スオウの背後から、ウラが顔を出す。眉根《まゆね》を寄せ、首を伸ばし、ヤンを覗《のぞ》き込んでくる。


あ、心配してくれたんだ。

腕に力を込め、上半身を起こす。軽い目眩《めまい》がした。

「……だいじょうぶだ。ありがとう……ウラ」

「ほんとうか。たいそう苦しげであったぞ。我は、このまま、ヤンが目覚めぬのでは
ないかと案じておった」

お兄ちゃん、起きて。

目の前に立つ少女に向かって、ヤンは両手を広げていた。何を考えたわけではない。

ただ愛しかった。無性に愛しかった。小さな存在をしっかりと受け止めてやりたい。

「おいで、ウラ」

ウラの身体が跳ねた。ヤンの胸の中に飛び込んでくる。二本の腕が首にまきつく。

ウラは全身でヤンに縋《すが》りついていた。

「ヤン、ヤン、我は怖かった」

「うん」

「夢を見たのじゃ。みんな、みんな……血を流して倒れて行く夢を」

「うん」

「父上も母上も崩御なされた。たくさんの女官も、みんなみんな……死んでいった」

「ウラ」

　ウラの腕に力がこもる。ヤンも強く抱きしめていた。

温かい。愛しい。

目覚めた瞬間、思い出した。自分たちがどんな状況にいるのかを理解した。いや、まるで理解できない状況に追い込まれていることを解した。何が起こったのか、これから何が起こるのか、まるで摑《つか》めない。緊張と不安と恐怖が渦巻く。しかし、ヤンは束の間、それらを忘れた。この温かさ、この愛しさが全てだ。

　ウラがヤンの胸に顔をうずめ、訴えてくる。

「目が覚めたら……ヤンが倒れておった。スオウが頰を、力いっぱい何度も叩《たた》いて……我は、スオウがヤンを傷めるのではないかと、心配でならなんだ」

「姫。お言葉ながら、それはいささか心外にございます。わたしは、ヤンを傷付けたのではなく、目を覚まさせただけにございますぞ」

「スオウはたいそう力が強いではないか。そなたにその気がなくとも、ヤンはさぞや痛かったであろう」

スオウが口を閉じ、顎《あご》を引く。ウラの指がヤンの頬に触れた。

「赤くなっておる」

「そう言えば少し痺れてるみたいだ。うん……けっこう口の中まで痛みが染みてくる」

「ヤン、あまり調子に乗るなよ」

スオウは前髪を掻《か》き上げ、ヤンを睨《にら》む。けれど、表情は強張《こわば》ってはいなかった。眼差《まなざ》しも口元も、ほんの僅《わず》かだが、いつもより柔らかい。

「う……くそうっ。こんな目に遭わせやがって」

タニがふらつきながら立ち上がった。足元にはユイがしゃがみこみ、頭を押さえている。蒼白《そうはく》な顔色をしていた。

「……船長、すみません。おれ……気分が……」

「じっとしてろ。気分が落ち着くまで動くな。おまえのゲロで、床を汚されちゃたまらんからな」

タニの口調は落ち着いていた。ヤンに向けた顔も、やや血の気が失《う》せているだけで、普段通り、ヴィヴァーチェII号船長タニのものだ。船乗りそのものの顔つきだ。

ヤンは我知らず、吐息をもらしていた。安堵《あんど》の息だ。

何が起こってもタニ船長がタニ船長である限り、だいじょうぶだ。

そんな思いが身の内に広がる。頭の片隅にへばりついていた鈍痛が、きれいに拭《ぬぐ》われていった。

「ヤン」

「はい」

「動けるか」

「はい」

「よし、操作盤に戻れ。まだ操作は不能なようだが、いつでも対応できるように準備を怠るな」

「はい」

立ち上がる。ウラが見上げてきた。

「仕事か、ヤン」

「そうだ。一緒にいられなくて悪いけど」

「嫌じゃ。ヤン、我はヤンとおる。絶対に、仕事の邪魔はせぬ。約束するゆえ、一緒にいさせてくれ」

ウラはヤンの上着を摑んだまま離そうとしなかった。

「姫、なりませぬ。ここは危険でございます。安全な場所にお退《ひ》きください。わたしがお連れ致します」

「嫌じゃ。ヤンと、おる。みなと、おる。我だけ、別の所になどいとうはない」

「姫！」

「いいじゃねえか。姫さまがいたって邪魔にゃあならねえよ」

タニが言った。

「それに、この状況でどこが危険でどこが安全かなんて、あんたにだってわかりゃしねえだろう。な、姫さま。一人より、みんなといたほうが楽しいってもんだよな」

ひょいと屈みこんだタニに向かって、ウラはうなずいた。

「我は、一人は嫌じゃ。みなと共におる」

「よしっ。それでこそ仲間ってもんだ。姫さま、あんたはもうりっぱなヴィヴァーチェII号のクルーだぜ」

「ナカマとは、トモダチのことか」

「え？　いや……微妙に違うが、まぁ似たようなもんだ。船での仲間ってのはな、姫さま、生死を共にする大切な相手なんだ。よーく、覚えておいてくれよ」

「よう、わかった。ならば、タニ、そなたたちにも、我の名を呼ぶことを許す。我が名、ノフェテ・ウル・シャルドアブトール・ウラ四世を伝える」

「はぁ？　いや、それはちょっと長すぎて……できるなら、おれたちもヤンと同じように、ウラと呼んでも構わないかね、姫さま」

ウラは躊躇《ためら》うことなく首肯した。

「よい。許す。我をウラと呼べ」

「ありがたいね。それでこそ、仲間ってもんだ。嬉《うれ》しいぜ、ウラ」

タニが笑みを浮かべる。今までヤンが一度も目にしたことのないほど、優しげな笑顔だった。

「えらく、余裕があるもんだな……船長」

ミュウが壁に背中を預けたまま、荒い息を繰り返す。

「この状況下で、クルーの勧誘をしてるとはね。さすが宇宙《そら》の男だ。心底、感心する」

「この状況下で皮肉が言えるのも、さすがですぜ、先生」

タニは唇の端だけで笑む。それから、視線をゆっくりと巡らせた。

「正直、おれには、今、何をすべきかなんてとんと見当がつかないんだ。できることなんか、何にもねえのかもしれないしな。姫さま……ウラを相手にちょいと和むのもいいんじゃねえのか」

と、独り言のように呟《つぶや》く。

ヤンはタニの視線を追って、周りを見回してみた。窓の外は黒く閉ざされている。一筋の光もなく、微《かす》かな煌《きら》めきもない。暗黒宇宙に迷い込んだようだ。

視線を操作盤上に落とす。作動している計器は一つもなかった。ヴィヴァーチェII号は完全な停止状態にある。

「さてさて、おれたちはどこに連れて来られたんだ……って、それがわかれば苦労はないか」

タニが短いため息を吐いた。ヤンは操作盤から顔を上げ、応じる。

「宇宙基地内でしょうか」

「宇宙基地？　どこのだ？」

「それはわかりません。ただ、この船は、どこかの施設内に停泊しているように感じます。収納されていると言った方が、適切でしょうか」

「なぜ、そう思う」

「計器がどれも0の状態になっています。さっきまでの、制御不可の状態とは違う。あのときは、計器が異常に反応してまったく、使い物にならなかった。外部からの力で機能を乱されていたんです」

「……そうだな」

ユイが立ち上がる。二、三歩、よろけたけれど何とか踏みとどまった。タニが眉《まゆ》を顰《ひそ》める。

「おい、無理をするな。無理をしてやらなきゃならないことなんて、何にもないんだ。今のところはな」

「わかってますよ。おれたちは、今、仕事を取り上げられた哀れな失業者なんでしょ。何だったら、みんなで仕事をよこせって、街頭デモにでも繰り出しますかね」

「はは、それだけ軽口をたたけるんだったら、心配ないな」

「当たり前です。おれだって、この船の副船長なんだ。見習いが平気な顔をして計器をいじってんのに、床にゲロするわけにはいきませんからね。男の意地ってもんです」

「男の意地なんて、丁寧にラッピングして地球に送り返せ。ただ、ゲロは飲みこんでおいてくれよ。絶対、口から出すな」

「ゲロの話なんか……止めてくんねぇかい」

ドルゥがか細い声を出す。まだ、床にうずくまっていた。普段から血色の悪い灰色の肌をしているので、顔色そのものはそう変化はないようだ。

「聞くだけで……吐きそうになるでがす。あぁ、いったい、あの気持ちの悪い音は……

…何だってんでがすか。まだ、頭の芯《しん》が痺《しび》れてやすよ。あぁ……何にも考えられないで……」

「おまえの頭が考えるためについてるなんて、今の今まで知らんかったよ。おれはてっきり、帽子を被《かぶ》るぐらいしか役に立たないものだと、思ってたんだがな」

ミュウが口髭《くちひげ》をしごきながら、薄く笑った。

「おれの頭はたいそう働き者でがすよ。先生のあそこみたいに、肝心な時に役に立たなくなるような、情けねぇやつじゃないんでね」

「肝心な時に役に立たないって？　馬鹿なことを言うなよ。おれがどれだけ、女を喜ばせてきたか知らんのか」

「はいはい、そこまでにしとけよ、二人とも。まったく、幽霊船にとっ捕まったっていうのに、いつも通りのくだらないやりとりができるなんて、まぁ、ある意味、たいしたもんだぜ」

タニが苦笑する。ユイも同じような笑みを浮かべていた。

確かにそうだな。

ヤンは胸の内で、点頭していた。

ミュウもドルゥもタニもユイも、みんな冷静だ。気分は優れず、不安を覚え、何が起こるかわからない未来に怯《おび》えてもいるはずだ。しかし、誰もが取り乱すことなく、己を保っていた。自分で自分を律することができる。機械のように、簡単に操られはしない。

「ヴィヴァーチェII号のクルーは選《よ》りすぐりの連中さ。おれの目が節穴でなければ、な」

いつだったか、タニが冗談めかせて言ったことがある。聞き流してしまったが、あれは冗談なんかじゃなかった。一癖も二癖もあるけれど、本物の船乗りたち、選りすぐりのクルーが集まったのだ。

知識、経験、精神、言葉にできないさまざまなもの……。ここで学んでいくだろうもの、学べる可能性に、ヤンは高揚する。

「うん？　どうした、ヤン？」

タニと視線がぶつかる。

「何を喜んでるんだ？」

「え？　おれがですか？」

「そうさ。今、妙に嬉しそうな笑い方をしたぞ。まさか、スオウにぶん殴られたのを喜んでんじゃないだろうな」

思わず頬を押さえていた。

「は？　まさか？　よっ、喜んでなんかいません。そんなことあるわけないでしょう。まだ、痛みが残ってるぐらいなのに」

「そうかい。まっ何にしても、ここで笑えるたぁ、おまえもいい度胸をしてるぜ。度胸と冷静さと仲間への想い。どれが欠けても船乗りにはなれねえ。そういう意味じゃ、おまえは合格点かもな、ヤン」

いや、まだだ。まだ、本物じゃない。落ち着いていられるのは、みんなといるからだ。タニやユィが取り乱し、慌てふためいていたら、ヤンも動ぜずにはいられなかっただろう。恐慌に陥っていたかもしれない。おまえはまだ、自分一人の足で立っていないのだ。ヤンの知性が告げる。

「なぜだ」

スオウが呟いた。

「なぜ、何も起こらない。それに……」

スオウは白い顎《あご》を上に向け、目を細めた。

「全ての機器が操作不可能なのに、なぜ、明かりだけは点《つ》いている」

ヴィヴァーチェの天井にはＬＥＤの照明器具が埋め込まれている。柔らかな光がコクピット内を照らし出していた。

「なるほど。照明だけは、そのまんま変わってねえな」

タニも天井を見上げる。スオウの眉が微かに動いた。

「どうも解せん。何のために我々の意識を失わせたのだ。なぜ、視界を閉ざしたまま放置している。なぜ、照明機能だけはそのままなんだ。なぜ……」

「観察のためか」

ふっと言葉が零《こぼ》れた。スオウが一度だけ、瞬《まばた》きをした。

「観察だと」

「そうだ。わたしたちを観察するために、照明はそのままにしておいたんじゃないのか。見るためには明かりがいる」

コクピットの空気が緊張した。

観察。

誰かに見られている。

誰かが見ている。

ヴィヴァーチェII号のクルーたちはそれぞれに顔を見合わせ、誰もが一様に黙り込む。ウラだけが大人たちを見上げ、問うように首を傾げた。

「あっ」

ヤンは小さく声を上げた。

操作パネル上で赤い光が点滅している。

「タニ船長、外側からドアが開きました。何者かが、機内に侵入しようとしています」

「来やがったか」

タニが低く呻《うめ》いた。胸をそらし、大きく息を吸う。

「お客さまのお出ましだ。みんな、粗相のないようにな。丁重にお出迎えしようぜ」

「土下座した方がええんでやすかね」

ドルゥは既に、片膝《かたひざ》を床につこうとしていた。

「馬鹿野郎！」

タニが一喝する。その怒声に痩《や》せた身体が飛び上がった。

「みっともねえ真似をするんじゃねえぞ。土下座なんかしてみやがれ、二度とこの船には乗せねぇからな」

「ひえっ、おっかねえ」

縮みあがるドルゥからミュウへ、ミュウからユイ、ヤン、そしてスオウとウラへと、タニの視線が巡る。

「これから何が起こるか、おれには正直、見当がつかん。だが、これだけは言っておく。おまえたちは、ヴィヴァーチェⅡ号のクルーだ。クルーとして恥ずかしくない行動をとれ。いいな、決して相手に対し卑屈になるな。いつだって堂々と振る舞うんだ。そして、決して仲間と自分の良心を裏切るな。宇宙《そら》の男、いや、男も女もねえな。宇宙を生きる場に選んだ者は、卑屈も裏切りも絶対に許されねえんだ。忘れるなよ」

「タニ船長」

ユイが一歩、前に出る。

「みんな、そんなことは百も承知ですよ。窮地のときほど、結束し船長の命令に従うって鉄則も、もちろん、わかっています。何があったって、おれたちがヴィヴァーチェⅡ号のクルーであることは、かわりゃしませんからね」

「そうか。そうだな」

タニがゆっくりと首肯した。

「言わずもがなのことを言っちまったか。でも、まぁ、ついでにもう一つだけ」

タニの黒目がちらりと動き、ウラを見やった。スオウが手を伸ばし、少女を抱き上げる。

「おれたちは、まず何よりもウラを守ることを考えなきゃならねえ。まさかとは思うが……相手がおれたちに危害を加えそうになったら、そのときは何としてもウラだけは守らないとな」

「おや、船長」

ミュウがひょいと肩を竦《すく》めた。

「宇宙では、役割はあっても身分なんてものは存在しないんじゃなかったっけな。おまえさん、常々、言ってたじゃないか」

「そのとおりだよ、先生。宇宙は無重力さ。身分なんて重石《おもし》はきれいに外してふわふわ遊泳できるんだ」

「だったら、ウラを王女として特別扱いするのは」

ミュウの言葉を断ち切るように、タニがかぶりを振った。

「ウラが王女だから守るんじゃない。小さな女の子だからだ。大人は子どもを守らなきゃならないんだ。どんな時だってな」

ヤンは顎を引き、背筋を伸ばした。

足音が聞こえてくる。何人もの音だ。

大人は子どもを守らなきゃいけない。

おれはナコを守れなかった。みすみす、奪われてしまった。だけど、今は違う。あのときよりも、おれは少しだけ大人になった。今なら、今なら、守れるはずだ。

スオウと目が合う。

光沢のある黒い眸《ひとみ》からは何の感情も読みとれなかった。

「それでな、ユイ」

タニがふいに声を潜め、ユイの耳元でささやく。

「お宝の方もちゃんと守れよ。万が一、あれを取り上げられたら、おれたちは只働《ただばたら》きってことになる。この世に只で働くほど馬鹿馬鹿しいこたぁないぞ」

「わかってます。あれはおれが責任を持って」

ユイが口をつぐむ。

足音が止まったのだ。

「来るぞ」

スオウが片手でウラを抱き締め、片手を腰の銃に掛けた。

「スオウ、我をおろせ」

ウラが叫ぶ。

「我を抱いたままでは、そなたの自由が削《そ》がれる。我を下ろし、自由に動け」

「そうは参りません。姫をお守りするのがわたしの務めです」

「我はそなたから離れぬ。早う、下ろせ、スオウ。我はそなたの足手まといになりたくはないのだ」

「姫さま」

ほんの一瞬、スオウの張り詰めた眼差《まなざ》しが緩んだ。

ドアが開く。

「どひゃあっ」

ドルゥが甲高い悲鳴をあげた。悲鳴はあげなかったがミュウが口を大きく開けて舌をのぞかせる。

「……海賊だ……」

全身黒尽《ず》くめの男たち（おそらく男だろう。誰もが広い肩幅の堂々たる体躯《たいく》をしていた）が六人、立っていた。銀色の光子銃を携えてはいるが構えてはいない。

ヤンはさりげなく、スオウの傍らに寄った。目配せする。スオウはウラを自分の背後におろした。ヤンとスオウの陰に、ウラが隠れる恰好になる。

「何かあれば、わたしが戦う。姫を頼む」

「きみはまだ完全に快復していないんだ。無茶をするな」

「わたしは兵士だ。戦いには慣れている」

スオウが銃を握るのと同時に、男の一人が片手を上げた。

「ヴィヴァーチェII号の諸君、きみたちが余計な抗《あらが》いをしなければ、我々は危害を加える気はない」

黒いマスク越しだからか、くぐもった聞き取りづらい声だった。

「他人の船を勝手に航行不能にして、危害を加える気はないときた。おまえさん、ママにどんな育てられ方をしたんだ。他人の自由を奪うってのはそれでもう、十分に危害になるって教わらなかったのか」

タニが男の前に進み出る。ユイが横に並んだ。

「なるほど、たいした能弁家だなタニ船長」

名前を呼ばれ、タニが息を呑《の》み込んだ。

男がゆっくりと、視線を動かす。

「ミュウ、ドルゥ、ユイ、ヤン、スオウ、そして、ウラ王女。乗船しているのはこれだけだな」

誰も返事をしない。凍り付いたように、動かない。

やはり観察されていたのだ。

ヤンは唇を噛《か》んだ。

「ついてきてもらおう」

男が手を上げる。

五人の男たちが横に広がり、銃を構えた。

「よく訓練されているな」

スオウが舌打ちをした。

「動きに無駄がない。相当、鍛えられている」

「だから、どうなんだ」

ミュウが口髭《くちひげ》の先をひっぱり、小さく唸《うな》った。

「優秀な兵士としてのアドバイスは、おとなしくしてろってことか」

「まあな」

「すてきだ。この状況で、おとなしく従う以外に選ぶ道があるとは思えんがね」

ドルゥがため息を吐いた以外、誰も答えなかった。

従うしかない。

「ヤン、おまえはしんがりを務めろ。スオウはウラを抱いて真ん中だ。ユイはおれの後ろだ」

「了解。どこまでも船長にくっついていきますよ」

タニが歩き出す。ユイが続く。スオウの腕の中でウラが振り返った。ヤンは微笑み、指で丸を作ってみせる。

だいじょうぶだ、ウラ。ぼくたちが全力できみを守る。何を怖れることもない。

ウラが笑った。指のサインを返して来る。

「一つだけ、約束してくれ」

タニが男の背中に声をかける。

「おれの船を絶対に損なわないでくれ。それと」

「一つだけではなかったのか」

男が振り向く。黒い仮面をつけているので顔はまったく見えなかった。

「おまけさ。世の中ってのは何だっておまけがくっついてくるものなんだ。お若いの、覚えてて損はないぜ」

「おれが若いとなぜ、わかる」

「船乗りのカンさ。間違いなく、あんたは若いね」

男が笑った気がした。おそらく笑ったのだ。苦笑なのか、冷笑なのか、皮肉な笑みなのか。黒い仮面の下で男はどんな笑みを浮かべたのだろう。そこまでは、窺《うかが》えない。

「それで、おまけの約束とは何だ」

「ウラに手を出さないでもらいたい。まだ、子どもだ。あんたたちがもしかして、ウラを王位継承者として司令官側に突き出そうなんて考えているのだったら」

タニが口をつぐんだ。

男が銃口を向けて来たからだ。

「よくしゃべる男だ。船乗りってのは、もう少し無口なものだと思っていたぞ」

「とんでもない。楽しいおしゃべりができない船乗りなんて、ドクター・ミュウの口髭みたいなもんさ。何の役にもたたない」

「おい、船長。おれの可愛い髭《ひげ》をこんなところで引き合いに出さんでもらいたいね。まったく、ろくなもんじゃない」

ミュウがぶつくさと文句を言う。男は銃を肩にかけると、無言で歩き出した。

おれたちに危害を加える気はないらしい。

ヤンは、少しだが安堵《あんど》を覚えた。

今、ヴィヴァーチェII号のクルーはスオウやウラも含め、完全に捕虜の状態だ。幾つもの銃口を前にして手も足も出ない。男たちに殺意があれば、簡単に殺されてしまうだろう。スオウでさえウラを守りながら、近距離からの攻撃を防ぐのは至難だろう。

しかし、男たちは誰も発砲しなかった。撃つ意志がないのだ。銃は、威嚇のため、威嚇しておとなしく従わせるためだけの物ではないのか。いや……それは甘過ぎるだろうか。もっと慎重に、最悪の場合を考え行動しなければならない。

ヴィヴァーチェII号のドアが開く。同時に照明が点《つ》いた。

「うおっ」

タニが野獣に似た吼《ほ》え声をあげる。

「これは……」

ユイが唾《つば》を飲み込んだ。ヤンは、ふらつくまいと足を踏みしめた。

四章　ヴィヴァーチェ

「ヴィヴァーチェ……」

タニが喘《あえ》ぎと共に、その名前を呼んだ。

「本物のヴィヴァーチェだ」

目の前に紅色の鱏がいた。鮮やか過ぎて、眩《まぶ》しいほどの真紅だ。

そこは、船の駐機場のようだった。白く丸い空間には、ヴィヴァーチェの他にも小型の宇宙船が五隻並んでいた。さらに奥があるらしいが暗く、見通せない。

壁は銀色で窓はなかった。壁には無数の渡り廊下が設けられていた。つまり駐機場の上に縦横に廊下が架けられているのだ。人の姿はどこにもなかった。

ふと、昆虫の巣を連想してしまう。どんな昆虫なのだと問われたら、答えようがないけれど。

もっとも、ヤンがこれだけのことを冷静に観察できたのは、もう少し後になってからで、最初はただ、ただ、目の前の宇宙船に目も心も釘《くぎ》づけになっていた。

ヴィヴァーチェだ、ヴィヴァーチェがここに横たわっている。

興奮に身体が震えた。

ヴィヴァーチェはII号に比べれば、かなり古くあちこちに傷ができていた。しかし、圧倒的な力を感じる。押しても引いてもびくともしない雰囲気を感じる。

機体のあちこちに刻まれた傷さえも、威厳を損なうものではなかった。むしろ、重みをさらに増す役割をしている。

圧倒的な迫力。

本物のみが持つ迫力だ。

「すげぇ」

ユイが嘆息した。それは、クルー全員のため息だっただろう。

すごい。

「見惚《みほ》れるのは後にしろ」

男の落ち着いてはいるが、冷やかではない声が響く。ヤンはそれで、我に返った。

男の声には、人の気骨を真っ直ぐに立たせるような力があった。

「ついてこい」

男が渡り廊下の一本に足を踏み入れる。いつの間にか他の男たちの姿は消えていた。ヤンたちがついてくることを疑いもしないのか、男は背を向けたまま、前を行く。

タニとユイが目を見合わせた。

「いまさらじたばたしても……」

ユイがささやく。

「当たり前だ。こんな光景を見せられて、じたばたできるか。ついていくしかねえだろう」

タニがささやきを返す。ミュウが口髭《くちひげ》の先を指でしごいた。

「それにしても妙な廊下だな。廊下……と言っていいかどうかわからんが。廊下とし か言いようがないな。通路とはちょっと違うし、しかし、廊下と言うにはやはり珍妙だ」

「先生、ぐちゃぐちゃ言わんでもらいたいで。それでなくても、頭が混乱しとるでが」

ドルゥが口元を歪《ゆが》め、自分の頭を軽く叩《たた》いた。

確かに奇妙な廊下だった。

青白く艶《つや》のある鉱石を敷きつめ、木製の欄干を取り付けてある。その欄干からは青色のおそらく芽だろう物や、ロート型のおそらく葉だろう物が伸び、中には蔓《つる》を伸ばして石の床まで這《は》っている物まで、あったりする。照明はどこにもないが、鉱石自体が淡く発光しているので明るい。そういえば、この空間そのものに目立った照明機器は見当たらなかった。

よく観察すると、壁が柔らかな光を放っている。

奇妙だ。何もかも、とても奇妙だ。

「なぁ、あんた」

タニが男に呼びかける。語尾が微《かす》かに震えていた。

「あんた……もしかしたら、ライ……バシミカル・ライなのか」

男の足が止まった。

ゆっくりと振り向く。

一瞬、全ての物音が途絶えた。少なくとも、ヤンには何も聞こえなくなった。

静寂が重い。

静寂に重さがあることを、初めて知った。肩や首が軋《きし》む。ぎちぎちと固まっていく。

「……そうなんだろ」

タニがもう一度、問う。その声音は低く掠《かす》れ、瞬く間に静寂に呑《の》み込まれてしまう。

「あんた、バシミカル・ライなんだろう」

男は何も答えなかった。無言のまま、また、背を向け、歩き出す。

タニとユイが同時に、唾を飲み込んだ。

静寂が重い。

「ヤン、スオウ」

ふいに、ウラの声が響いた。明るく、軽く、澄んでいる。楽しげでさえあった。

「あの葉っぱは何であるか？　実がなるのか。どうして、こんなところに生えている？　それに床が明るいのはどうしてだ？　我に、教えよ。我は、知りたいぞ」

「姫さま」

スオウが腕に力をこめる。

「そのようにお動きなされますな。何が起こるかわかりませぬ。用心しなければならぬのです。どうかもう少しだけ、静かにお待ちください。もう少しです」

「いやじゃ。スオウ、我を下ろせ。あの葉っぱに触ってみたい」

ウラが足をばたつかせる。傷が痛んだのか、スオウの表情が微かに歪んだ。腕からウラがするりと滑り下りる。そのまま、勢いよく走り出した。

「姫さま！　お待ちください」

スオウは叫び、さらに顔を歪め、膝《ひざ》を折った。

「ウラ、危ない。待つんだ」

スオウを制し、ヤンはウラの後を追う。ウラは軽やかにタニとユイの間を、黒尽《ず》くめの男の横を走り抜ける。まるで、野兎だ。子どもならではの、俊敏で無鉄砲な動きでもあった。

ナコとは違う。

ヤンはとっさに思った。

ナコは、大人しく臆病《おくびょう》で内気な性質だった。見も知らぬ場所を走り回る勇気も度胸もないだろう。臆《おく》して、あるいは怖くて身を縮ませ、ヤンの後ろに隠れたに違いない。

ナコとは……違う。

「これは、また、えらくおてんばなお姫さまだぜ」

タニが笑った。

「ほらほら、ヤンパパ。早く娘っ子を捕まえな」

ユイもいつもの口調を取り戻し、からかってくる。ウラはたった一人で、重く張り詰めた空気を吹き飛ばしてしまった。

「ヤン、この葉っぱたち、良い匂いがするぞ。それに、温かい」

「温かい?」

匂いはわかる。欄干から伸びた蔓性《つるせい》の植物からは清涼な芳香が漂っていた。目を閉じて深呼吸すると、深い森の中か、清冽《せいれつ》な流れの近くにいる気がする。心が和むのだ。

しかし、温かいとは……。

ヤンはロート型の葉をそっと摘《つ》まんでみた。思いの外肉厚で、しっかりしている。

「ほんとだ」

確かに温かみを感じる。生き物に触ったときの温かさだった。

体温のある植物？　まさか。

「あっ、ヤン。あそこに花が咲いておる」

ウラが嬉《うれ》しげな声をあげ、欄干から身を乗り出した。指差した方向、欄干の下には白い小さな花が固まって幾つか咲いている。小さいけれど艶やかな花弁の美しい花だった。葉より二回りほど小さいけれど、同じロート型をしていた。

「我は見たことのない花じゃ。あれが、欲しい」

ウラがさらに身を乗り出す。

「ウラ、だめだ。危ない！」

ヤンが手を伸ばした瞬間、ウラがバランスをくずした。身体が傾き、頭が前にのめる。あっという間のできごとだった。

「ウラ！」

「姫さま！」

ヤンとスオウの悲鳴が重なる。

「ウラ、ウラーッ」

ヤンは欄干に飛びついた。

ウラが落ちた。ウラが落ちた。ウラが……。頭の中が真っ白になる。何も考えられない。

「姫さ……」

やはり欄干に飛びつき、越えようとしていたスオウが動かなくなる。

「そんな……」

ヤンも同じだ。欄干を握ったまま、息を飲み、目を見開く。

「まさか」

ウラは宙に浮いていた。胴に、左右から蔦《つた》が巻き付いている。ブランコに乗っているように、ゆらゆらと揺れながら、ウラは笑い声をあげた。

「ヤン、スオウ、これはおもしろいぞ。我は愉快である」

ヤンとスオウは顔を見合わせ、ほとんど同時に息を吐き出した。

もぞり。

欄干が動いた。手のひらに緩やかな律動が伝わってくる。ヤンはとっさに手を引いていた。

何だ、今のは？

蔦がウラを持ち上げる。ウラの笑い声が一際、大きく響いた。

蔦はゆっくりとウラを廊下に下ろした。そして、するすると縮んでいく。

「何じゃ、もう終わりか。我は今少し、遊びたいぞ。蔦、もっと我と遊べ」

もう一度、欄干にすがろうとするウラを、スオウが素早く抱き上げた。

「なりませぬ、姫。これ以上、勝手な振る舞いは許されませぬ」

「放せ、スオウ、放せ。我は遊びたいのだ。手を放せ」

「姫、これ以上の我儘《わがまま》は、みなに迷惑をかけますぞ」

ウラが静かになる。見開いた目で、そこにいる一人一人に視線を巡らせる。

スオウ、ヤン、タニ、ユイ、ミュウ、ドルゥ。そして、黒尽くめの男まで見詰めてから、ウラは僅《わず》かに顔をうつむけた。

「すまぬ。我が間違っておった。みなに迷惑はかけとうない。おとなしゅうしておるぞ」

「姫さま」

スオウが微笑み、ウラをそっと抱き締めた。

愛しい者を包もうとする笑みだ。母のアイがよく、こんな笑みをナコに向けていた。言葉ではなく、眼差《まなざ》しで微笑みで愛を伝える。それはときに言葉より深く、相手に染み込んでいくだろう。

慈愛に満ちた柔らかな笑顔。女にしかできない笑み方だ。

スオウと目が合う。眸《ひとみ》からはもう、何の感情も読みとれなかった。

ヤンはもう一度、欄干に手のひらを載せてみた。

温もりも律動も伝わってこない。

「行くぞ」

ユイが肩をたたく。

一行はまた、男の後を歩き出す。心なしか空気は緩み、それぞれにゆとりが戻っているようだ。

「大冒険だったな、ウラ」

タニが声をかけると、ウラは大きくうなずいた。

「おもしろかったぞ。今度は、タニもやるがよい」

「え？　いやいや、それはご勘弁を。空中ブランコなんて、眺めてる分にはいいが、自分でやろうとは思わねえんで」

「それにしても、さっきのありゃあ、何です？」

ユイが眉間《みけん》に皺《しわ》を寄せる。

「蔦が突然伸びて、姫さんを助けたわけでしょ。摩訶不思議《まかふしぎ》ってやつじゃねえですか。どうなってんでしょうね、船長」

「そんなこと、おれに聞いてどうするんだ。わかるわけ、ねえだろう。おれだけじゃねえ、ここにいる誰に聞いたってわかるもんか。あいつ以外はな」

タニが男に向けて、顎《あご》をしゃくる。

男は廊下を渡り切ろうとしていた。欄干と同じ蔦の絡み付いた扉がゆっくりと、開く。木製のいかにも重たげな扉は、ぎぃぎぃと耳障りな音をたてた。

ユイの眉間の皺がさらに深くなる。

「自動ドア、ですよね」

タニもよく似た渋面を作った。

「それにしちゃあ、やけに古めかしいな」

「オオタカの倉庫にでもあったんじゃないですかね。案外、アンティークのお宝だったりして」

「かもな。銀河暦より古い代物かもしれん。金のある連中の間じゃ、骨董《こっとう》はちょっとした流行《はや》りだからな。まぁおれには、まったく興味はないが」

タニとユイのやり取りを聞きながら、ヤンは開いたままの扉の前に立った。

男とヤンたちとの間には、そこそこの距離があった。自動ドアなら、いったんは閉まるはずだ。それが開いたままになっている。ヤンは銀色の取っ手に絡まる蔦を凝視する。

さっきこの蔦が扉を押した。男のために、扉を開けたのだ。

見間違いだろうか？

「あれこれぐずぐず拘《こだわ》っている暇はないぞ」

傍らでスオウが呟《つぶや》く。呟いた後、先に行けとヤンを促した。

「姫の盾になれ。さっきのように、ぼんやりするな」

スオウの物言いは、相変わらず命令的で傲慢《ごうまん》でさえあった。しかし、腹は立たない。心は穏やかなままだ。

あまりに不思議な光景を見たせいだろうか。スオウの笑みを知ったせいだろうか。

男に続き、タニが、そしてユイが扉をくぐる。ヤンはウラを抱いたスオウの前を歩いた。

ヤンが扉の向こう側に一歩、足を踏み出したとき、
ちょん。

手の甲に何かが触った。

「うん？」

下げた視線の先で、蔦の先が揺れている。いや、揺れているのではない。自分で動いているのだ。

ちょん、ちょん。

蔦がヤンの手の甲をつつく。

「ヤンは、このものに好かれておるのだな」

ウラが朗らかな笑い声をたてた。

「このもの？　ウラ、このものって？」

蔦が生きている何ものかであるかのような、ウラの口振りに、ヤンは思わず振り返っていた。

ウラが首を傾げる。

「我には……よう、わからぬ。わからぬが、感じるぞ」

「感じる？」

「そうじゃ。このものは、ヤンを気に入っておる。ヤンのことを好いておるのじゃ。そして、我も好かれている。さっき、我をおもしろうに遊んでくれたであろう」

「あぁ、そうだな」

視線を巡らせる。

深く息を吸い込む。

生命のざわめきを確かに感じた。

「うおっ、驚いた」

ユイが野太い声を響かせた。

「こりゃあびっくりですね、船長。ほんと、驚いちまう」

「ユイ、でけえ声を出すな。まったく、おまえは田舎から出て来たばかりの小娘か。なんでもかんでも、驚くな」

「いや、りっぱな成年男子です。しかも、かなり経験豊富な」

「何の経験が豊富なんだ。このぐらいで、大声あげやがって」

タニが忌々しげに、舌打ちをした。

「けど、驚いたって不思議じゃないですよ。なんか、目も頭もちかちかしちまうぜ。

なあ、ヤン」

「はい」

驚くのも無理はない。

ヤンも思わず声をあげそうになった。

扉の向こうは、まるで別の場所になっていた。

青灰色の廊下がまっすぐに伸びて、向かって左側に丸い窓が、右側に銀色のドア(扉ではなくドアだった。無機質なただのドアだ)が、等間隔に並んでいた。

ＬＥＤの明かりが、廊下の隅々まで照らしている。廊下は光沢のある特殊素材でできていた。その素材が何なのか、ヤンには見当がつかない。ほとんど硬さを感じないのに、足が沈み込むわけではない。滑らかなのに、滑りはしない。

歩き易いのだ。

壁も天井も廊下よりやや薄い青色で、汚れ一つなく、塵《ちり》一つ落ちていない。蔦《つた》のからまった渡り廊下とは、まったく異質の空間だ。とても同じ建物だとは思えない。

男は急ぐでもなく、振り返るでもなく、同じ歩幅、同じ足取りで進んで行く。ヴィヴァーチェⅡ号のクルーになど、何の関心もないと言わんばかりの態度だった。

「なんか、嫌な感じでやすね」

ドルゥがミュウに話しかけた。

「そうか。なかなかの紳士じゃないか」

「先生、紳士の意味がわかってんでやすか」

「わかっているとも。おれみたいな男のことさ」

「うへっ。やってらんねえや」

ドルゥが肩を竦《すく》め、にやりと笑った。

男が止まる。

廊下は突き当たりから、壁に添って左右にさらに伸びていた。つまり、T字型になっているのだ。男は、廊下が突き当たる手前で足を止めていた。

ドアが開いていく。今度は間違いなく自動ドアだ。機械が人の往来を感知し、自動的に開閉する。

「今度は、ドアの向こうには何があるんでやしょうね」

ドルゥが身震いをした。ミュウが珍しく無言のままうなずく。

部屋があった。

窓はなく、家具もソファーと二脚のイスと丸いテーブルがあるだけだ。部屋のどこにも飾りはなく、小さな絵一つ、かかっていなかった。ヴィヴァーチェII号のキャビンをより質素にした感じだった。

「ここが応接室かい」

タニが鼻の頭に皺《しわ》をよせた。

「どうも、盛大に迎え入れられてるって風じゃないですね」

ユイが苦笑いを浮かべた。

部屋は確かに狭く質素ではあったが、ヤンにはそれがかえって心地よかった。灰色の霧に閉ざされた下町の、あの家に比べれば、豪華とも思える。なにより、壁や床が柔らかなクリーム色をしているせいなのか、閉塞感《へいそくかん》は僅《わず》かも覚えないのだ。

ソファーも長く広く、足を伸ばして眠れば、さぞや快適だろう。

「座れ」

男が顎《あご》をしゃくる。

ソファーにウラとスオウとミュウが、イスにタニとユイが座る。

「なんで、おれたちだけ床なんだ。見習いはともかく、おれは、れっきとしたヴィヴァーチェの料理人なんやどの」

ドルゥが文句を言ったけれど、誰もとりあわなかった。

ヤンとドルゥは床に直《じか》に腰をおろす。ウラがソファーからとびおりると、ヤンの膝《ひざ》にのってきた。ごく自然な動作だった。スオウは何も言わなかった。

「さて、海賊さま。これから、おれたちをどうしようって気なんだ。そこのところを聞かせてもらわなきゃ、どうにも、ケツの座りが悪いぜ。おっと、その前に、さっきのおれの質問に答えちゃもらえないかね」

タニが座ったまま、男を見上げる。

「あんたは、ライ、バシミカル・ライなのか」

全員――ウラまでも――が、男を見詰める。

「あんたの正体を教えてくれ」

タニの声が僅かだが、うわずった。それを恥じるように、肩を竦め、タニは言葉を続ける。

「おれたちをどうする気なんだ。もし、もし、あんたが……ライなら、おれたちは敵じゃない。そのことだけは、わかっといてくれ」

男が身じろぎする。

「質問しているのか、懇願しているのか、どっちだ」

「どっちもだよ」

タニは立ち上がり、男と向かい合った。

「おれはヴィヴァーチェII号の船長だ。乗客、乗組員全部の安全を確保する義務がある」

「なるほど、見上げた心意気だ。おれたちが襲った船の中には、自分だけとっとと逃げ出した船長もいたぞ。そいつらに、今の科白《せりふ》を聞かせてやりたいな」

「そういうエセ船乗りと一緒にしてもらいたくないね。そいつらは形《なり》が船乗りってだけの、情けねぇ輩《やから》さ。ともかく、おれは、こいつらを」

タニがヤンたちを指さした。

「こいつらの命を守らにゃならん。だから、おれたちがあんたの敵じゃない、戦う相手じゃないってことだけは、何が何でも伝えておく」

「……それをどうやって、証明する」

「なんだと？」

「おまえたちは、こちらの正体を知らない。それなのに敵ではないと明言できるのか、タニ船長」

男の声は淡々として、まったく感情がこもっていなかった。ヤンは、不意に喉《のど》の渇きを覚えた。ひりつくようだ。

タニの頬がそれとわかるほど紅潮した。

「ヴィヴァーチェII号は輸送船だ。戦闘のための武器なんてほとんど装備されてない。それは調べりゃあ、簡単にわかるだろうが。いや、そんなこたぁ、あんたたちはとっくに承知してるよな。荷物を運ぶのがおれたちの仕事なんだ。あんたたちが何者でも、おれたちに戦う意志なんて持ちようがない」

「ただの輸送船が、なぜ」

男の顔がゆっくりと動いた。覆面の間からのぞいた眼が、スオウに向けられる。

「国王軍の兵士などを乗せているんだ」

スオウは男の視線を受け止め、微《かす》かに眉《まゆ》を顰《ひそ》めた。

「わたしが国王軍兵士だと、都合の悪いことでもあるのか」

「輸送船に兵士という組み合わせは、いささか妙ではないか。まさか、護衛役に雇われたわけではあるまい」

スオウは腰を上げ、背筋を伸ばす。

「こんな、馬鹿げた芝居はもういい。お終《しま》いにしろ」

「芝居だと？」

「そうだ。おまえたちは、わたしが、ヴィヴァーチェII号に同乗している理由など、とっくに知っているはずだ」

「ほぉ」

男の声に、ほんの少し感情が表れた。愉快そうな響きが加わる。

「なぜ、そう思う？　兵士どの」

「ライに会わせろ」

スオウが一歩、踏み出す。

ウラの身体が強張《こわば》る。緊張がヤンの膝に伝わって来た。

「だいじょうぶだ」

ヤンは小さな背中にそっと手をそえた。

「だいじょうぶだ、ウラ。何も怖がることはない。みんながついてる。おれもスオウも、傍にいるからな」

ウラが首を回し、ヤンに笑いかけた。安堵《あんど》の笑みだった。

タニは船長として、ヤンたちの安全を確保し、命を守る義務があると言い切った。

ヤンもまた、ウラに伝えなければならない。

何も心配しなくていい。

何も恐れなくていい、と。

自分が大人と呼ばれる範疇《はんちゅう》にいるのか、大人と呼ばれるだけの力を身につけているのか、自信はなかった。しかし、小さな人たちを全力で守るのが、大人の役目なのだと、大人である証なのだとタニは言った。その通りだと思う。

ナコは守れなかった。

今度は、守る。

己の非力さに歯噛《はが》みするしかない者には、もう、戻りたくない。

今度は守る、のだ。

スオウと視線が絡んだ。

漆黒の眸《ひとみ》の光が、一瞬、柔らかくなった気がする。スオウはその視線をすぐに、男に移した。鋭く、張り詰めた眼差《まなざ》しだ。

「バシミカル・ライに会わせてもらおうか」

スオウの声音が低く、乾いてくる。兵士の声だった。非情さと酷薄さを等分に含み、人の命を命と認識しない兵士の声音だ。

「拒否したら、どうする」

男の声も乾いていた。しかし、こちらには非情さも酷薄さもない。むしろ、軽やかで、事の成り行きをおもしろがっている風が伝わってきた。スオウの殺気も苛立《いらだ》ちも凄味《すごみ》もこともなげにかわし、男は飄々《ひょうひょう》と立っている。

「力尽くで、ライを引っ張り出すかね、レディ」

スオウが口元を強張らせる。ミュウが肩をすぼめ、首を振った。タニとユイは顔を見合わせ、身じろぎする。

「なるほどな。何もかもお見通しってわけか」

わざとだろう。スオウは舌打ちの音を、高く響かせた。

「なにもかもってわけじゃない。スオウ・イシリム・ヴェルヘム伯爵令嬢が、たいそうな狙撃の名手であること、ノフェテ・ウル・シャルドアブトール・ウラ四世付きの護衛官であること、まぁその程度の情報しか入手していないが」

ドルゥが、「ぐぅっ」と、奇妙な唸《うな》りをあげた。

「おい、見習い。スオウって伯爵令嬢だったとかや」

「……そうなんでしょうね。おれも、初めて知りましたけど」

王位継承者の身辺警護を任されるのだ。それに相応《ふさわ》しい腕と身分だろうとは想像していた。まさか、伯爵家の血筋とまでは考えなかったが。

「伯爵令嬢ってのはよ、きれいなドレスなんぞ着込んで、こってり化粧して、おほほなんて笑って、ダンスばっかりやってる連中のことなんじゃないのかよ」

「それは……少し偏見があるかも」

「じゃあ、何をやってんだ。まさか、みんな、射撃の訓練をしてるわけじゃないがよ」

「さぁ、おれにもさっぱりです」

灰色の霧に閉ざされた町、暗く湿ったあの街の住人からすれば、王家だの伯爵家だのという世界は、銀河系外の星々よりも遠いものだった。

王になりたいとも、伯爵の地位が欲しいとも思いはしないが、上に怯《おび》えず、苦しまず日々を過ごせる人々を羨《うらや》む気持ちは持っていた。人間に身分という色を着《つ》け、選別していくシステムに、一握りの王族や貴族が大多数の民を支配し、富を独占する在り方に、炎のような憤りを感じてもいた。だからといって、スオウやウラを敵視する気にはなれないけれど。

「それだけ知っていれば十分だ。たいした情報網だな。感服する」

スオウの皮肉に、男は右肩だけを軽く上げた。

「どこからの情報だ。おまえたちは、地上のどこと誰と繫《つな》がっているのだ。誰の命令で動いている。よもや反乱軍と繫がっているとは思わぬが、国王軍に与《くみ》するとも見て取れない。そのあたりを、ライの口から、はっきりと聞かせてもらおうか」

「おい、スオウ」

座ったまま、タニがスオウを見上げる。

「あんた、オオタカが宇宙海賊に襲撃された地点が目的地だと言ったよな。そこでライに会うことが目的だった。つまり、ここでライに会うってのは、予《あらかじ》め決められてたのか。おまえは、ライが生きて、ここにいると知っていたのかよ」

「……どうかな」

スオウが、息を吐き出した。

「わたしは、ただ、何としてもライに会えと、それだけを命じられただけだ。ライに会い、反乱軍に反撃する陣営を整えろと、な」

「誰に命じられた」

「わたしの命令系統まで、おまえたちに漏らす気はない」

「スオウ」

タニが唐突に立ち上がった。

「言っただろう、おれたちは仲間だとな。一蓮托生《いちれんたくしょう》、生も死も一緒の仲間だ。そうでなければ、宇宙船のクルーは務まらん。そして、あんた、いやおまえとウラは乗客じゃなく、クルーだ。おれはそう思ってるし、おまえだって、今さら乗客面する気はねえだろう」

「船長、船長」

ユイがタニの上着を引っ張った。男に届かぬよう声を潜める。

「そりゃあ、ちょっとまずいですよ。忘れたんですか、おれたち、たっぷりと前払いを受け取ってんですよ。乗客面してもらわなくちゃ困るのはこっちじゃないですか」

「ばかやろう。ここまで来て、せこいこと言うんじゃねえぞ」

「じゃあ、あの前払い分、返す気なんですか」

「貰《もら》ったもんを返すなんて真似、誰がするかよ。おまえ、あれの保管、だいじょうぶなんだろうな」

「まかせてください。ぬかりはありません。しかし、船長だって相当、せこいですぜ」

タニは鼻から息を吐き出し、胸を反らせた。声を大きくする。

「ともかく、地上に降り立てば隠しごとも嘘も方便だろうさ。しかし、宇宙では通用しねえ。スオウ、おれたちは、あんたの胸や尻《しり》のサイズを知りたいわけでも、成育歴を語れって強要してるわけでもねえ。おれたちが知るべきことを……知るべきことだと、船長のおれが判断したことを包み隠さず話せって言ってんだ。おまえの知っていることをおれたちの共通の情報としなかったばかりに、おれたちの命が危険にさらされる、その可能性があるんだってこと、考えな。おれたちの中には、むろん、おまえとウラも入ってんだぞ」

タニが口を閉じると、部屋の中は静まり返った。一人一人の息の音さえ聞き取れる。

「スオウ」

ヤンの膝《ひざ》の上で、ウラが姿勢を正す。

「タニの言う通りじゃ。隠しごとはならぬ」

「姫……」

「全てを明かすがよい。そうでないと、宇宙では生き残れぬ。我は、生きていたいぞ。生きていれば楽しいこととも、おもしろいこととも出会える。スオウ、我は生きていたいのだ」

ウラの双眸《そうぼう》に涙が盛り上がった。

「我は死にとうない。父上さまや、母上さまのように死にとうはない。もう二度と死にたくはないのだ。生きて、いたい」

スオウが息を飲み込む。喉元《のどもと》が上下に動いた。

「なんか……やりきれなくて、せつねえで」

ドルゥが洟《はな》をすすりあげた。

スオウもタニもユイもミュウも黙りこむ。ウラの言葉の響きには、大人を黙らせる何かがあった。ウラは炎の中で父と母を失った。大叔父《おじ》に両親を殺されたのだ。王族であるが故の惨《むご》い運命を少女は背負わされている。

確かにやりきれない。せつな過ぎる。が、しかし……。

ひっかかる。

もう二度と死にたくはないのだ。

ウラは言った。

まるで、一度、死んだことがあるかのように……。

まさか、そんなことありえない。あるわけがない。

ヤンは膝に伝わるウラの温かさと重さに、ざわめきを覚えた。

まさか、そんな……。

スオウが飲み込んだ息を吐き出した。

「わたしに、この任務、バシミカル・ライと面会することを命じたのは……国王軍の副司令官だ。わたしの兄でもある」

その言葉を聞いた瞬間、ヤンはスオウの呟《つぶや》きを思い出した。

「……兄上」

か細い、今にも消え入りそうな声だった。その声でスオウは兄を呼んだのだ。

「すると、おまえの兄ちゃん、国王軍の副司令官はライと繋がりがあったってことか。

ライが生きていたことも、海賊となったことも、反乱軍に対するだけの戦力を持っていることも、全て知っていた。そういうことなのかよ」

タニがスオウに全身を向ける。

「わたしには、わからぬ。わたしはただ命じられたまま動くだけだ」

「わからぬって……あんたの兄ちゃんだろうが。腹をわって話したりしないのかよ」

「兄妹《きょうだい》である前に、副司令官と部下だ。もう一度言う。わたしは、何も知らない。何も知らされてはいない」

スオウはこれ以上のタニの問い詰めを拒むように、首を振った。

「ライに会えば、全てが明らかになる。わたし自身……真実を知りたいのだ。兄は本当にライと繋がっていたのかどうか。兄とライとの関係はどういうものなのか……知りたいのだ」

タニがすっと息を吐いた。

「なるほどな。あんたの本音を初めて聞いた気がするぜ」

それから、男に身体を向ける。

「あんたが、ライなのか、別人なのか。今度こそ、ちゃんと答えてくれ」

男は無言だった。ヤンたちも無言で見詰める。

男の手があがった。覆面に指がかかる。

ごくっ。

ドルゥが喉《のど》を鳴らした。ヤン自身も生唾《なまつば》を飲み込んでいた。

黒い布が床に落ちる。

「おうっ、やはり」

タニが叫んだ。ユイも腰を浮かせ、口を半開きにする。

茶褐色の髪と眸《ひとみ》。ほっそりした顎《あご》に生えた髭《ひげ》も同じ色だった。その視線がじっと、ヤンたち一人一人に注がれる。

「ライ……、やっぱりライだ」

タニの全身から力が抜けていく。

これが、バシミカル・ライか。

ヤンは息をするのさえ、忘れていた。

ヴィヴァーチェの悲劇の主人公。

殺人鬼とも英雄とも名づけられた男。

バシミカル・ライ。

しかし、この男は……。

「ライ。おれはずっと……あんたに憧《あこが》れて……」

タニがふらりと前に出た。男に近づこうとする。

「船長、だめだ」

ヤンは後ろからタニにしがみついた。

「だめです。近づいちゃあ、だめだ」

「おっ、おい、ヤン。放せ。おれはライと話をしたくて」

「あれは、ライじゃない」

「なに？」

「よく見てください。あれは偽物だ。ライなんかじゃない」

「何だと？」

タニはヤンに腕を掴《つか》まれたまま、目を凝らした。

「ヤン……おまえ、何を言っている。あれはどう見てもライだ。バシミカル・ライだぞ。間違いねえ。おまえはまだ若くて、ライの顔なんか知らんだろう。あれはライだ」

「いや、違う。違いますぜ、船長」

ユイが悲鳴に近い声を上げた。ドルゥが身を竦《すく》ませる。ミュウは本物の悲鳴をほとばしらせた。

「うわわわわぁっ。顔が」

　とっさにヤンはタニの腕を放し、ウラを抱え上げた。胸に強く抱き締める。

「顔が、とっ、融《と》けていくぞ」

男の顔、タニがライに間違いないと言い切った男の顔が、顎から融け黒い雫《しずく》となって滴っていく。

　異様な光景だった。

「ヤン、ヤン、いかがした。何があったのじゃ」

　ヤンの腕の中でウラがもがく。

「ウラ、目を閉じて。見るんじゃない」

男の顔は融けて、滴り、やがて黒い空洞になった。

「おば、おば……おばけだぁ」

「せっ先生、化け物でげす。みんな食われちまうでげす」

ドルゥとミュウが抱き合い、震える。二人とも血の気のない、真っ青な顔色になっていた。

　スオウが腰の銃を引き抜き、構えた。そのとき、ドアが開いた。やはり全身黒尽《ず》くめの男が入ってくる。顔の部分に青灰色の面をつけていた。両眼と口の部分だけを細く切りぬいた面だ。

「悪ふざけはそこまでにしろ、タンバ」

男の声は深く豊かで、上質の音楽のように耳に響いた。タンバと呼ばれた方は肩を上下させると、ひょいと屈《かが》みこんだ。とたん、不気味な顔無し男の姿は消え……。

「なんだ?」

スオウが身を屈める。声音に戸惑いが滲《にじ》んだ。

そこには、奇妙な生き物が立っていた。

身長は一メートルそこそこだろうか。全身が金と銀の斑《まだら》になっている。細長い耳らしき物が頭部から伸び、背中に垂れていた。顔の部分は丸く、そこには目も口も鼻もない。金銀斑のボールのようだ。兎をイメージさせるが、むろん兎ではない。

「うおっ、まさか」

タニとユイが同時に叫び、顔を見合わせる。

「まさか、まさか、フールココか」

「いや船長、そんなことあるわけないです。フールココってのは、幻の生物ですよ。本物なんているわけがないんだ」

「そうだ、幻の生き物だよ。そんなこたぁおれだって知ってる。けど、こいつは…

「……」

「フールココだ」

男はやはり音楽のような声で告げた。

フールココ。聞いた覚えがある。

別名、宇宙兎。

宇宙探査機が太陽系外の空間で、一機の宇宙船を発見した。半壊していたその機には大型カプセルに入った奇妙な生き物がいただけで、他の生体反応は一切なかった。

その生き物がフールココだ。宇宙兎では、あまりにそっけないと思ったのか、発見者が探査機の名前からつけた。ただ、その生き物はカプセルを開けて数日で生体反応を失い、融け始め、灰色の液体に変わったという。

つまり、死んだのだ。

フールココがどこからやってきたのか、なぜ、カプセルのまま宇宙空間に浮いていたのか、全ては謎だった。しかし、宇宙は当時、いや、今も大いなる未知の空間だ。そこに無数の謎が存在するのは、当然のことだった。

何の前触れもなく現れ、唐突に消えてしまう幽霊彗星《すいせい》、V838Monに代表される変光星、ブラックホール、超新星……宇宙の抱え持つ数多《あまた》の謎、フールココはその一つに過ぎなかった。しかし、探査機の乗務員全員——僅《わず》か三人だった——が地上に帰還して一年の内に病死したこと、三人が三人とも死の間際に言い残した言葉が、妻や子や恋人の名前ではなく、「もう一度、フールココに会いたい」であったことが取りざたされ、フールココ、宇宙兎にまつわる伝説ができあがった。

呪われた兎。人の心を蕩《とろ》かし、虜にし、やがて死へと誘《いざな》う恐ろしい生き物としてのフールココができあがったのだ。

ヴィヴァーチェの悲劇ほどではないが、人々は謎の宇宙生物を怖れと想像を込めて大いに語った。

語り、語り尽くし、話題として消費し、やがて忘れ去った。

「フールココ、へぇ……まさか、本物にお目にかかれるとはな」

タニが唸《うな》る。

「けど、こいつ……さっきまで人の姿をしていて……バシミカル・ライそっくりで、それなのに、どうして……急に融けたりして……真っ黒になってぽたぽたしちまって、ぽたぽたって……」

「ユイ、落ち付け。言ってることが支離滅裂になってるぞ」

「けど、けど、けど船長」

「うるせえって。船乗りが兎にびびっててどうすんだ」

「どうするって、そりゃあびびりますよ。兎ったって、野原をぴょんぴょん跳ねてるやつらとは違うんだ。だって、ライだったじゃねえですか。写真で見たままのライの顔だった。おれが想像していたまんまだったんですよ。それが、真っ黒になってぽたぽたで……」

ユイが額の汗を拭《ふ》いた。

想像したまんま？　もしや……。

仮面の男に向かって、ヤンは真っ直ぐに視線を投げた。

「もしかしたらフールココって、人の想念を捉《とら》え具現化、具体化することができるんじゃないですか」

「は？　ヤン、今何て言った？　ソーネンがグゲンって何のことだ？　新しい食い物か？」

タニの眉間《みけん》に皺《しわ》が寄った。

「いえ、つまり、こちらの想像したものにそのまま変化できる。そういう力、というか特性があるんじゃないかと思ったんです」

「おれたちの想像した通りに変身するってか？　馬鹿な」

「そうとしか考えられないんです。ユイさんは、おそらく船長も昔、写真かなにかで見たライの姿を想像した。頭の中に浮かべたでしょう。それもかなり強く」

ユイとタニは目配せをし、どちらからともなくうなずいた。

「二人の想像したライ像はほぼ一致していた。その像のとおりにフールココは変身したんです」

ヤンは視線を金銀斑の美しい兎に向ける。

金色と銀色の光が煌《きら》めき始めた。フールココの全身が光に覆われる。そして、熱せられた飴《あめ》のようにぐにゅぐにゅと折れ曲がる。

「なんだ……なんだ……なんだ……」

タニが唸る。他の者は一言も発しなかった。目を見開き、ただ、光に見入っている。

光は除々に輝きを失い、やがて一筋の光芒《こうぼう》を曳《ひ》いて消えた。

そこにはもうフールココはいなかった。代りに一人の少年がたっていた。

黒い少し縮れた髪、同じく黒い眸《ひとみ》、褐色の肌の少年だ。

タニがのけぞる。

「だっ、誰だ、こいつ」

「ゴドです」

「ゴド？」

「おれの親友です。幼馴染《おさななじみ》と言ってもいい。今、地球に残って必死に生きているはずです」

ユイが息を飲み下し、唸った。タニのように意味不明の唸りではなく「なるほど」と聞こえた。

「なるほど……わかった。おまえは今、そのゴドとかいう親友の姿を頭の中で考えた。強く思ったわけだ」

「はい」

「そうしたら……こうなった」

「はい」

ヤンはゴド、正しくはゴドに変身したフールココを見詰めた。

懐かしいな。

ゴドが懐かしい。

あの屈託のない笑顔が、陽気な物言いが、凛《りん》と張り詰めた眼差《まなざ》しがなつかしい。どうしているだろうか？　瀕死《ひんし》の母を託してきた。ゴドのことだ、自分の命に代えても親友の母親を守ろうとするだろう。

支配者の権力争いにより混乱を極める地上で、どんなふうに生きているのか。ゴド、無事でいるよな。無事でいてくれよ。

懐かしさは祈りへと移ろっていく。

どうか、無事で。

ゴドの顔がくしゃりと歪《ゆが》んだ。今度は融《と》けもせず、元のフールココに戻る。さっきに比べるとずい分とあっさりしていた。

「なるほど、間違いねえや。ヤンの言う通りだ。この兎さん、こっちの想いしだいでどうにでも姿を変えられるらしい。どうも、呪いがかかってる風もねえな」

タニが肩を揺すった。

「しかし、探査機フールココのクルーが次々、病死したのは事実だ。あれはどう説明できるんだ？　偶然じゃねえだろう」

「偶然さ」

仮面の男がフールココの頭に手をやる。

「長い宇宙の旅を終えて、体力が落ちていたのではないか。三人ともたまたま相次いで病を背負《しょ》い込み、亡くなった。三人とも地上に降り立ってから、浴びるように酒を飲むようになったとか。それも死を早めた因《もと》かもしれないな。もっとも」

仮面の下で男が笑ったように、ヤンには感じられた。

「その大酒の原因になったのはフールココなんだろうが」

「というと？」

タニの問い掛けには答えず、男は仮面の顔をヤンに向けた。

「そうは思わないか、ヤン」

ヤンという響きに親しさが籠《こも》る。背後でスオウが身じろぎした。

「……ええ。推測でしかないですが」

「どういう推測だ」

ヤンは男を見返す。当たり前だが、仮面からはどのような感情も読みとれなかった。

「探査機内という限られた空間の中で、クルーたちはそれぞれの想いをフールココに伝えた。フールココはその想いに忠実に変化したわけです。それは、クルーの恋人だったり、家族だったり……あるいは疾《と》うの昔に亡くなった誰かだったりしたかもしれません。想いは美化されます。おそらく、クルーたちは理想の誰か、あるいは現実ではもう会えない誰かの姿にフールココを変えた。それは、ある意味、夢のようなものだったんじゃないでしょうか。クルーたちはフールココによって一時的に夢の世界に誘われた。けれど、それもフールココの死で終わった。でもクルーたちはその夢の世界が忘れられなかった。地上に帰り着いた後も、現実を受け入れられなくなってしまった。それで……」

「大酒をくらって寿命を縮めちまったってわけか」

タニが首を傾げ、ヤンを窺《うかが》うように見やった。

「ええ、フールココの伝説は、クルーの話を聞いた者が作り上げた呪い話に脚色され、世に広まっていった。そんなところじゃないかと思います」

「おそらく、そうだろうな」

仮面の男はフールココの長い耳をひょいと持ち上げる。

「こいつは、ただ素直に人の想いを受け止めるだけだ。それなのに、いつの間にか、呪われたおぞましい生き物のように伝えられてしまう。人間の身勝手さが、フールココの伝説を生んだんだ」

「ヴィヴァーチェの悲劇はどうなんです」

ヤンの一言に、男の動きが止まった。

「あれも、無責任な風説が元の作り話に過ぎないのですか。バシミカル・ライ」

口の中がからからに乾いている。水が飲みたかった。

ヤンは微《かす》かに疼《うず》く喉《のど》を押さえた。

タニの身体が大きく震えた。ユイは脚の力を失ったかのように、ソファーに座り込む。

男は落ち着いていた。

「そういえば、おまえはなぜ、フールココの変身を見破った。なぜ、バシミカル・ライではないとわかった」

「……眼です」

「眼？」

「はい。さっきのライの眼はどこか焦点がぼやけていた。おれは、むろん本物のライを知らないし……ええ、写真さえじっくり見たことはありません。でも、ゴドやタニ船長は憧《あこが》れの対象として、その名を口にしていた。それほどの人物があんな曖昧《あいまい》な眼をしているわけがないと、思ったんです。もしかしたら、何かの罠《わな》ではないかと考えました」

「それで、タニを止めたわけか」

「はい」

「では、おれも偽物かもしれん。おれがフールココではないとは言い切れんだろう」

「そうですね、でも……我々をそこまで焦《じ》らす必要があなたにあるとは思えませんが」

「なるほど。なかなかに鋭いな。それに若さのわりに冷静だ。ふふ、タニ船長、なかなかに有能なクルーを集めたらしいな」

「おれの船にはおれのお眼鏡に適《かな》った選《よ》りすぐりじゃねえと乗せない。ヤンだけじゃねえ。みんな一流のやつらさ。まぁ専門外じゃ、どうにも役に立たないやつもいるにはいるが」

タニが胸を張る。

抱き合っていたドルゥとミュウが弾《はじ》かれたように離れた。

「あんたが本物のライなのかどうか、おれにだって判断できん。しかし、これ以上、お遊びの時間を長引かせてもしょうがねえだろう。あんたは力尽《ず》くでおれたちをここに……ここがどこなのか、何でフールココなんて物がいるのか、さっぱりだが、ともかく、ここに連れて来た。まさか、退屈しのぎにおれたちをからかおうって腹じゃねえだろう。それほど暇じゃないよな。それなら、ちゃんとほんとの姿を見せてもらおうか。それが礼儀ってもんだろう。焦らされるのは、いいかげん、うんざりだ」

タニの口調がやや荒くなる。

スオウがヤンの前に出て、男と向かい合った。

「おまえたちは十分に我々を観察した。我々が敵ではない、危険な存在ではないと納得できただろう。そろそろ正体を明かしてもらおうか。船長の言う通り、お遊びはお終《しま》いにしてもらいたい」

感情のこもらない淡々とした物言いが、かえって、スオウの苛立《いらだ》ちを伝えていた。

男は答えない。

無言のままだ。

無言のまま、ゆっくりと腕を上げ、仮面に指をかけた。

仮面が外れる。

「うっ……」

スオウが僅《わず》かだが後ずさった。

ウラが小さな悲鳴をあげ、ヤンにしがみついてくる。ヤンはその身体を抱きしめた。

男には顔があった。顔らしきものがあった。右半分は焼け爛《ただ》れ、ケロイドにひきつっている。鼻はあるが、唇も右眼も失われていた。しかし、左眼は健在だった。

茶褐色の眸《ひとみ》が生き生きとした光をたたえている。美しいとさえ感じる眸だ。

生き生きと美しい茶褐色の眸。

「やはり……バシミカル・ライ」

ヤンは呟《つぶや》く。

「そうだ」

男がうなずく。重々しくも、軽々しくもない仕草だった。

「改めて自己紹介する。おれがバシミカル・ライだ。よろしくな、ヴィヴァーチェII号の諸君」

男、バシミカル・ライがタニに向けて、ゆっくりと手を差し出す。一呼吸分、間を置いて、タニがその手を握った。

「初めまして、だ。バシミカル・ライ。おれはヴィヴァーチェに一目惚《ひとめぼ》れして、宇宙の船乗りになった。憧れの船に再会できて嬉《うれ》しいね。ここに来るまでにちょっと手続きが煩雑すぎたけどな」

「失礼は赦《ゆる》してもらいたい」

ライは視線を巡らし、微かに笑んだ。

「なにしろ、事情が複雑でね。こちらとしては、どれほどの用心を重ねても過ぎることはないって状況なんだ」

ライの物言いは砕けて親しげで、仲間同士で気の置けないおしゃべりをしているようだった。屈託がなく伸びやかでもある。

しかし、どこか芝居じみて嘘くさかった。ライが自分たちに危害を加える危険性は低い。殺そうと思えば幾らでもチャンスはあったのだ。ライを敵だとは思わない。しかし、何かを隠しながら、自分たちに接しているとは感じる。

何もかもが謎だらけだ。

その謎がこれから解明していくのか？

スオウと視線を合わせる。

胡散臭《うさんくさ》い。

漆黒の眸《ひとみ》がそう語っていた。

きみもそう思うか。

思う。この男、本当にバシミカル・ライなのか。

スオウの口元がきつく結ばれる。

「その事情やら、状況やらを我々に説明してもらいたい」

タニはいつもより低く、その分、重くも響く声音で言った。興奮も驚嘆も歓喜も恐怖も、ほとんど含まれない冷静な口調だ。

「ライ、今、おれの好奇心がどうにもならないぐらいでっかくなっているのは事実だ。絶世の美女に言いよられたって、ここまで熱くはならねえだろう」

「そうか？　ずい分と落ち着いて見えるが、タニ船長」

ライがにやりと笑う。ケロイドがひくりと動き、それ自体が奇怪な生物のような幻覚に襲われる。

奇怪な生き物を顔半分に張り付けている。ウラの身体が震えた。もう一度、強く優しく抱き締める。

だいじょうぶ、きみは一人じゃない。それを忘れないで。

抱擁が想いを伝える。腕の中でウラの緊張がとけていく。

「おれは昔から見栄っ張りなんでね。クルーの前でみっともねえマネはできないって、踏ん張ってんだよ。こいつらが」

タニの視線がヤンたちの上を巡った。

「いなかったら、とっくに尻尾《しっぽ》を巻いて、机の下にでも潜り込んでるさ。ところが、こいつらはここにいる。おれの船のクルーとしてな。おれは、こいつらの船長だ。船長の義務は、まずクルーの生命を守ること、次に積荷を守ること。この二つだ。ヴィヴァーチェII号に積荷はない。今、おれが守らなきゃならないのはクルーの生命だけだ。ライ、あんたがなぜ、生きているのか。本当に海賊になっているのか。ヴィヴァーチェの悲劇とは何だったのか。聞きてえことは山ほどある。けど、まずは、おれたちの生命の保証を確約してくれ」

タニは一気にそう言い切った。

ライの眸が瞬く。鋭い光が閃《ひらめ》く。

「積荷がない？　それは嘘だな、タニ船長」

ユイの背中がそれとわかるほど強張《こわば》った。タニと目を見合わせたようだ。

積荷？　あの宝石のことだろうか？　ライはそこまで知っているのか。

「ヴィヴァーチェII号はすばらしい積荷を乗せているじゃないか」

「え？　なっ何のことだ」

タニが生唾《なまつば》を飲み込んだ。

ライの身体が僅かに動く。

視線が真っ直ぐにヤンに向けられた。

いや、ヤンではない。腕に抱いたウラに、だ。

スオウの気配が俄《にわ》かに引き締まった。ヤン自身も緊張を覚える。

「誤解しないでくれ」

ライが、緩やかな仕草で右手を上げる。

「おれはウラ王女をどうこうしようなんて、僅かも考えちゃいない。むしろ、託されたんだ」

ライがちらりとスオウを見やった。

「国王軍副司令官、ローク・イシリム・ヴェルヘム、おまえの長兄からな」

ほんの一瞬、スオウの眸が揺れた。

戸惑い、だろうか。

「……おまえと兄上はどういう関係なのだ。なぜ、兄上はおまえに、姫を託そうとするのだ」

「おれなら、ウラ王女を守れる。ロークがそう判断したからだ」

ライはこともなげに、国王軍副司令官を呼び捨てにした。

「おまえは……何者だ」

スオウが呻《うめ》くように問う。

「兄上と繋《つな》がりがあるということは、ただの船乗り、ただの宇宙海賊ではないはずだ」

ライはスオウを見詰めたまましばらく黙り、一つ、長い息を吐いた。木枯らしのような音がした。

「聞きたいかね」

「是が非でも聞かせてもらおうか」

「あんたにとって、かなりきつい話にはなるが」

「構わぬ」

スオウは顎《あご》を上げ、一言を吐き捨てた。挑むかのような鋭い物言いだった。

「あんたの個人的な部分にも触れることになる。人払いをしたいなら、そのように取り計らうが」

スオウの視線がふっと流れる。ヤンのそれとぶつかり、絡み合う。

「……必要ない」

ヤンから目を逸《そ》らしながら、スオウが言った。ほとんど、呟きに近い声だった。

「必要ない、ね。まっ、よかろう。それなら包み隠さず話してやる。少し長い話になる。座ろうじゃないか、諸君。その方が楽だ」

ライがフールココの頭を撫《な》でる。

くにゃりとフールココの姿が歪《ゆが》み、長く伸び始める。ほんの数秒の後、ヤンたちの目の前に白いソファーが現れた。

「ひえっ、フールココってのは、イッ、イスなんぞにも変わるんかね」

ドルゥが素《す》っ頓狂《とんきょう》な声をあげる。

「どんな高級家具にも負けない座り心地さ。どうぞ、それぞれに試してみてくれ」

ライに促され、まずタニが、つづいてユイがミュウがドルゥが座る。スオウだけは立ったまま動かない。

「スオウ」

ヤンは後ろから、一言、声をかけた。

「座ろう」

スオウは黙ったまま白いソファーに腰を下ろした。ヤンも、ヤンに抱かれたウラさえも見ようとしなかった。

「単刀直入に言う。おれは、おまえの叔父《おじ》になる」

スオウが一息吐く間もなく、ライが切り出した。

スオウの動きが止まる。いや、スオウだけではなく、ライを除いた誰もが動かなくなる。ドルゥなど腰を浮かせたままの状態で固まっていた。

「いや、これはこれは、予想していた通りの反応だな。ヴィヴァーチェII号のクルーは、みんな、やけに素直じゃないか」

ライがにやりと笑う。

「叔父ということは、あなたは、スオウの両親のどちらかと兄弟になる。そういうことですね」

ヤンは言わずもがなのことを口にしてみる。冷静な、力のこもった声で。

空気が少し緩んだ。

タニが息を吐き出し、ドルゥがそっとソファーに座る。

「父親、つまりヴァン・ヴェルヘム伯爵の弟になる。いや」

何か言いかけたスオウをライは片手を上げることで、制した。

「黙って終《しま》いまで話を聞け。むろん、おれは伯爵家の人間じゃない。そう……母親が違うんだ。そこに、おれのおふくろは場末の劇場で踊り子をやっていた。なかなかの美人だったよ。そこに、お忍びできていた伯爵家の前当主、つまり、おまえの祖父だな、そいつが見初めたってわけさ。お上品な貴族の女より、淑女より、身体の見事な踊り子にそそられる。そういう嗜好《しこう》だったらしいな。伯爵は、一時的にだがおふくろに首っ丈になったみたいだ。屋敷に帰らず、おふくろのところに入り浸りになった時期もあったみたいだぞ。すぐに飽きて見向きもしなくなったがな。なんでも、南から来た新しい踊り子に夢中になったんだとよ。まったく、どうしようもない、色ぼけ野郎さ。伯爵の地位があり、かつ、女漁りが趣味とくれば、おれの他にもあちこちに隠し子がいても不思議じゃない。おっと、こんな話、子どもの前でするのは、まずかったかな」

ライが顔を歪める。ヤンは、軽くかぶりを振った。

「ウラならだいじょうぶです。眠りました」

ウラはヤンの腕の中で規則正しい寝息をたてていた。

「そうか……小さな女の子だ。こんなにどたばたしちゃあ疲れもするだろうな。かわいそうに」

ライの口調には幼い者への労《いた》わりが滲《にじ》んでいた。このとき初めてヤンはウラの安全を確信できた。

この男は、ウラに危害を加える気はないんだ。

心身から、ふっと力が抜ける。

「それにしても、王女は安心しきってるじゃないか。おまえの腕の中はよほど居心地がいいらしいな。そうやっていると、まるで親子、いや、兄妹みたいだ」

ライの唇がめくれ、薄い笑みを作る。

「先を続けろ」

スオウが鋭い視線をライに向ける。

「中途で止めるな。それとも、わざと焦《じ》らしているのか」

「おいおい、おまえを焦らしておれに何の得がある。ま……全てを話したからといって、おれの得になることなんて、何もないんだがな。ただ、ロークから頼まれていた。もし、いつか妹が真実を知りたいと望んだら包み隠さず話してやってくれ、と」

「兄上が……」

「そうさ、おれとロークが知り合ったのは、今から……地球時間で十年も前か。おれが、こっそり、地球に帰還した折だったが」

「帰還だって！」

タニが文字通り飛び上がった。目は見開かれたままライに釘付《くぎづ》けになっていた。

「ちょっ、ちょっと待ってくれ。じゃあ、ライ、あんたはちっ地球に帰ってたってわけか」

「そうだ。ちょくちょく、な」

「ちょくちょくって……」

「船長、船長」

ユイがタニの上着を引っ張る。

「口を閉じてください。それに鼻の穴を膨らまさないで……ものすごい間抜け面になってますよ」

「うるせえ。ユイ、おまえ、よくそんなしゃらっとした顔でいられるな。バシミカル・ライが地球に帰ってた？　ちょくちょくだと？　そんなこと、信じられるかよ」

「事実だよ、タニ船長」

「そんな……、いったい、何なんだ。頭が痛くなっちまう」

タニは両手で頭を抱え、再び座りこんだ。

「あなたは、ずっと以前から伯爵家と繋《つな》がっていた。そういうことですね」

ヤンが問う。

「そうだ」

あっさりと、ライはうなずいた。

「では、伯爵家の人々はあなたが生きていたことを知っていたわけですね。いや、もしかしたら、あの事故、〝ヴィヴァーチェの悲劇〟そのものが、伯爵家によって企てられたことじゃないのですか」

それは、唐突に閃《ひらめ》いた思考だった。しかし、口にしたとたん、ヤンの胸の隅に固まっていた違和感がするりと解けた。

あの事故の原因は今も、明らかになっていない。若きクルー、バシミカル・ライの狂った末の凶行だったという説は、当時から曖昧《あいまい》なうわさに過ぎなかった。ライを目の前にした今、そのうわさは真実からほど遠いものだと確信できる。

だとしたら、なぜ、ヴィヴァーチェは爆発したのか。あの事故はなぜ、起こったのか。操作ミス？　機器のトラブル？　それとも、破壊作業が意図的に行われた……。

ライの眉間《みけん》に微《かす》かな皺《しわ》が刻まれた。

「ヤン、おまえの脳ミソが極上品であるとは認める。けどな、おまえは利口じゃない。経験が足らないからだ。今、おまえが言ったことはただの推測さ。推測を基《もと》にしていくらしゃべっても、真実は摑《つか》めない。要はその推測を現実の中で、立証していくことだ。おまえは、それをまだ知らない。知らないから、ただの推測をさも現実のことのように口にしてしまう」

「……かもしれません。けれど、推測は真実を追求する糸口にはなるはずです」

「真実はおれが話すさ」

ライがありのままの事実を証言する。その保証はどこにもない。ライ以外に、〃ヴィヴァーチェの悲劇〃の当事者はいないのだ。しかし、ヤンは口をつぐんだ。

今は自分の推測に拘泥しているときではない。ライの話を真剣に聞くときだ。

真実を知りたい。

本当のことを摑みたい。

ヤンの胸底で感情がうごめく。

その感情を表に出さないよう、ヤンは固く唇を結んだ。

真実を知りたい。けれど、真実とはいつも曖昧でおぼろなものだ。真実を知りたいのなら、自分自身の手で幾重にも巻かれたベールをはぎ取っていくしかない。一枚、一枚。

気になるのだ。思考にひっかかるのだ。

ライの言葉一つ一つが、棘《とげ》のようにヤンの思考に突き刺さり、刺激する。

考えろ、考えろ。考え抜いて、自分の真実に手を伸ばすのだ。

ライはヤンから顔をそむけ、続けようかと呟《つぶや》いた。

「ヴァン・ヴェルヘム伯爵は、良く言えば実に怜悧《れいり》な、悪く言えば権謀術数に長《た》けた男だった。人でも事でも、自分にとって有益か無益かを瞬時に判断できる才もあった。ただ女好きなだけの無能な親父とはえらい違いさ。もっとも、女好きな血筋だけはしっかり受け継いだようだがな。愛妾《あいしょう》の数は親父を超えると聞いたからな。ふふ、ヴァンには七人の子がいるが、正室の血をひくのはローク一人、他は全て側室の子だ。スオウ、おまえの母親も何番目か……確か十二番目だったかの愛妾だったたな。貴族とは名ばかりの落ちぶれた家の娘だった。竪琴《たてごと》の名手で声が美しく」

「母の出自が、おまえに何の関係がある」

冷やかな口調でスオウは、ライの話を遮った。どこか殺気さえ含んでいる声だったが、ライはまるで気に掛けなかった。

「ヴァン・ヴェルヘムって男がどんなやつなのか説明する必要はあるだろう。これからの話に大いに関わってくる。要するに、ヴァンは策略家だった。十二番目の愛妾の娘が兵士としての資質に優れていると見抜けば、最強の兵士になるように育てる。ドレスではなく軍服を宝石ではなく銃を与える。その方が自分の役に立つからだ。ヴェルヘム家は美形の血筋らしく、美貌《びぼう》の娘はおまえの他にも大勢いた。そいつらを王家や有力貴族に嫁がして強固な血縁関係を作る。さっき女好きと言ったが、ヴァンはただ女の肉体に溺《おぼ》れていたわけじゃない。自分の立場を安泰とするには、美しい娘が必要だとちゃんと知っていたのさ。蜘蛛《くも》の円網と同じだ。広く強固に網を張れば多くの獲物がかかる。美しい娘を得るために、愛妾たちとせっせと励んだわけだ」

「なんとまぁ」

ミュウが長い息を吐いた。

「うらやましすぎて鼻血が出るんじゃねえですかい、先生」

ドルゥが鼻の下を押さえた。

「うらやましくなんか、あるもんか。毎晩、美女とあれこれ励んでたら腰がいかれちまう。その好色な伯爵、遅かれ早かれ椎間板《ついかんばん》ヘルニアで苦しむことになるぞ。ふふん、いい気味だ」

ミュウが髭《ひげ》の先を引っ張り、胸をそらす。

「へへっ、無理しちゃって」

ドルゥが肩を竦《すく》め、笑う。座の空気がさらに緩んだ。ソファーの座り心地がとてもいいのも、緩みの一因だろう。いつのまにか、背にもたれたり、足を長くのばしたりと、それぞれが楽な姿勢になりゆったりとかまえている。スオウだけが、硬く引き締まった体勢を崩さなかった。

「ヴァンは腰痛では苦しまなかったが、息子のことで大いに悩むことになる。できのいい、まっとうな者は長男のローク一人、あとは、どうしようもないクズ野郎ばかりだったのさ。ある者はそれこそ女に溺れ、ある者は麻薬中毒になり、ある者は賭《か》け事にうつつをぬかす。伯爵家を支えるべくロークの補佐となれる人物など一人もいない。そこでヴァンは末娘に目をつけた。美貌以上に抜きんでた兵士の資質を有する娘だ。つまり、おまえは長兄ロークの補佐官として一生を送るよう決められたわけだ」

「わたしが、副司令官の補佐を務めるのは、わたしの意思だ。見も知らぬ男に嫁いで、子を産み、着飾る事に腐心し、毎夜舞踏会や晩餐《ばんさん》会に興じる。そんな生き方など、ごめんだ。考えただけで虫唾《むしず》が走る」

スオウの端整な顔立ちが微かに歪《ゆが》む。強がりでも虚言でもなく、本心の言葉だろう。

「なるほど、見事な覚悟だ。腑抜《ふぬ》け男どもには、とうていマネできないな」

「わたしの生い立ちを滔々《とうとう》としゃべって、それで終わり……などとぬかすなよ。さっさと、本題に入ってもらおうか。ヤンの言うようにおまえは、以前から伯爵家に繋がっていたわけだ」

「おいおい、叔父《おじ》さんに向かってその物言いはないだろう」

「わたしは、おまえを叔父と認めてはいない」

「まったく、口の減らないお嬢さまだな。これじゃあ、確かに嫁入りは無理だ」

「わたしを女扱いするな。愚弄《ぐろう》するのも許さぬ」

「スオウ」

ヤンはスオウに向かい、かぶりを振った。

落ち付け。いつものように冷静に。

眼差《まなざ》しだけで伝える。

スオウの頬からすっと血の色が抜けた。ヤンは緩慢な仕草で、ライに視線を移す。

「バシミカル・ライ。あなたは真実を語ると言った」

「確かに」

「誰にとっての真実ですか」

「なに？」

「真実など見方によって、どのようにも変わってしまう。あなたはあなたの立場からでしか真実を語ることはできない」

「ふふ、おれに哲学論議をふっかけているのか」

「あなたが、今、どういう立場にいるのか確かめたいのです。伯爵家と繋《つな》がっていることは、王家の守護を担っていると考えていいのですか」

ライから確約をとりたかった。幼女への労《いた》わりだけではなく、使命としてウラ王女を守護しようとしているのか、確かめたかった。

ウラだけは、ウラだけは何としても守り通してみせる。

腕に力を込める。少女の体温と息遣いが伝わってくる。

「おれの立場ねぇ……。そうやって改まって尋ねるってことは、おれのことを信用していないってことか」

「信用する、しないではなく、気になるのです」

ライのケロイドが軽く痙攣《けいれん》した。

「気になる？」

「ええ、あなたがバシミカル・ライ本人であったとしても、おれの聞いたライのうわさとは、ずい分、ずれているようで……」

「ほう、たとえば？」

ライが足を組み直し、笑みを浮かべる。

「たとえば、ライは天涯孤独な身だと聞きました。しかし、実際は伯爵家との血縁があった」

「そんなものは。蜘蛛の糸より細いさ。おふくろが亡くなったあと、おれには家族と呼べる者は誰もいなくなった」

「そんなわけはないでしょう。あなたは、〝ヴィヴァーチェの悲劇〟の後も、秘密裡《ひみつり》に地球に帰還し、伯爵家に出入りしていた。おそらく伯爵自身と密談を繰り返していたのでしょう。蜘蛛の糸どころか、太いパイプを持っていたわけだ。あなたが一部の人たちにとって英雄であったのは、貧しい下町の住人でありながら、最新鋭の貨物船ヴィヴァーチェ号のクルーに選ばれたからです。しかも、最年少のクルーの一人として、です。けれど、伯爵家と結びつきがあるのなら、クルーに選ばれるのは容易《たやす》いでしょう」

「な……」

タニが口を半開きにする。息が詰まったかのように、胸を叩《たた》く。

「なっ、なんだと。まさか、そんな。おい、ヤン」

「さらに言えば」

さすがに足が震えた。冷たい汗が背筋を伝う。

「あなたは、兄になる伯爵の密命で、ヴィヴァーチェを爆破した」

「な……」

タニの口がさらに開く。

「あ、ヤ、ヤン。おまえどうしたんだ。何を言ってるのか、わかってるのか。あの、あのな」

「そうでなければ、あなた一人が生き残った理由が説明できない。あなたは、ヴィヴァーチェを爆破させ、一人だけ脱出した」

ライは答えなかった。

無表情のまま、ヤンを見詰めている。

違《たが》えたか？

自分は途方もなく的外れなことを口にしたのかもしれない。

ライの視線を受け止め、ヤンは僅《わず》かな怯《ひる》みを感じた。

「なるほどな。そういう風にも考えられるわけだ」

ライは肩を竦め、笑った。屈託のない笑みだった。その笑みを消し、深いため息を一つ、吐く。とたん、その表情が暗く翳《かげ》った。

屈託のない笑顔から、鬱屈《うっくつ》した憂い顔まで瞬く間に移って行く。

「真実など見方によってどうにでも変わる、か。名言だな、ヤン」

ライはイスに深く座り込み、足を組んだ。

「つまり、おれはおれの真実しか語れないってことだ」

「……ええ」

「それを他人が信じようが信じまいが、おれにはどうしようもない」

「なんか、ややこしい話でげすな。そんなにややこしくないと、真実っちゅうやつはしゃべれねえもんなんかねえ」

ドルゥがぼそりと呟《つぶや》く。ミュウが小さなクシャミを一つしただけで、他の誰も答えない。

ライが続ける。

「おれは、伯爵家と繋がりがある。しかし、それを利用してヴィヴァーチェのクルーになったわけじゃない。いや、その繋がりだけは絶対に知られてはならなかったんだ」

ヤンとスオウは同時に身じろぎをしていた。

「おれは、伯爵家の密命を受けてヴィヴァーチェに乗り込んだ」

スオウがゆっくりと息を吐き出す。

「それは、スパイとして破壊活動、さっきヤンが言ったとおり、ヴィヴァーチェを破壊する目的でか」

「うーむ、身も蓋《ふた》もない言い方だな。いや、破壊活動ではなく、あくまで間諜《かんちょう》、情報収集がおれの仕事だった」

「情報収集？　ヴィヴァーチェの何を探るのですか」

最新鋭とはいえヴィヴァーチェは貨物船だ。しかも、国内の宇宙運輸関連産業の中でBISの規模は抜きん出ている。ほぼ独占企業に近いBISの最新鋭機の情報を伯爵家は何のために手に入れようとしたのか。そもそも、王族に繋がる伯爵家が、なぜスパイを使ってまで秘密裡に情報を集めようとする？

ヴィヴァーチェには王家側に気づかれてはならない秘密があった。そういうわけか？

ヤンの胸中を覗《のぞ》き見たように、ライがうなずいた。

「そう、ヴィヴァーチェにはとんでもない秘密があった。あの船は、貨物船なんかじゃなく、戦闘機だったのさ。宇宙空間を想像をはるかに越えるスピードで飛び回り、想像を絶する破壊力を持つ。あぁ、まさに人の想像力なんか軽く越えてしまうほどの、な。まだ、試作段階ではあったが、な。あの航海は、ヴィヴァーチェが実戦に使用できるかどうかを試す……つまり、テスト飛行だったんだ」

「そんな、まさか」

タニが声をあげた。大きくはないが、語尾が微《かす》かに震えていた。

「ヴィヴァーチェは、十年もかけて太陽系内とケンタウルス座α星近くの宇宙ステーションを回ってたじゃないか。その報告は全て地上に届いているはずだ。それが全て、偽りだったというわけか」

「そう虚偽報告ってやつだ」

ライがあっさりと肯定する。

「ヴィヴァーチェは、地球から遠く離れた場所で、テストを繰り返し、改良をくわえ、さらに強力なさらに完璧《かんぺき》な戦闘機になった。その威力は、一国を余裕で滅ぼせるだけの巨大なものさ。戦闘機というより、最終兵器と呼んだ方が相応《ふさわ》しかったかもしれない。そう、ヴィヴァーチェは宇宙での十年を経て、完璧に怪物となった。クルーだって、地上で信じられていたようにＢＩＳの貨物船員たちじゃない。ＢＩＳが選《よ》りに選って企業内部で密《ひそ》かに育ててきた研究者や科学者、それに戦闘員たちだ」

「戦闘員！」

タニの声が再び響く。さっきのものより、かなり大きかった。

「戦闘員ということは、軍部が係《かか》わっていたわけか」

スオウの口調は低く、感情のこもらないものだった。

「そうさ。戦闘機だの兵器だのって話だぜ。軍部が係わってないなんて、ありえないだろうが。ヴィヴァーチェは軍部の最高機密の一つだったのさ、スオウ」

「司令官とBISが結託して最新兵器の開発に手を染めていた。国王側には秘密裡に。それはつまり、ヴィヴァーチェをクーデターのための切り札にするつもりだったわけですね」

ヤンの言葉にライは頰の火傷《やけど》をひくりと動かした。

「国王、いや、側近である伯爵はそれに気がつき、あなたをヴィヴァーチェに送り込んだ。おそらく、ヴィヴァーチェに関しての情報は不確かなものだったのでしょう。それを確かめ、ヴィヴァーチェが王家にとって危険なものなら爆破する。それがあなたのミッションだったわけだ」

「その通り」

「そんな危険な仕事を、伯爵は血の繫《つな》がった息子であるあなたに押し付けた……」

「ヴェルヘム伯爵はおれのことを息子だなんて思っちゃあいなかったさ。後継ぎにはヴァンがいる。おれはただの捨て駒さ」

「そこまでわかっていて、なぜ……」

ヤンを見やったライの眸《ひとみ》に、影が走った。深い藍色《あいいろ》の影だった。

「さぁな、どうしてだろうか。おれにも、わからない。ただ、あのころ、おれは若かった。まだ十七だったからな。おふくろに死なれ、一人ぼっちになり……。そうだな、心のどこかで親父に認められたいと切望していたんだろうな。一人前の働きをして息子として認められたい、褒められたいと。はは、今、考えれば笑うしかない青臭い感傷さ。その感傷を親父は上手く利用したのかもしれない。しかし、おれがヴィヴァーチェに乗り込んだのは、感傷からだけじゃない。貨物船にしろ、戦闘機にしろ、この船に乗りたいと強く思ったからだ。うん……ヴィヴァーチェは美しい船だった。一度見たら忘れられないほど、瞼《まぶた》の裏に焼き付いてどうにも消せないほど美しかったんだ。おれは一目惚《ひとめぼ》れをした。紅色の美しい艫にな」

「あぁ、わかる」

タニの視線がふっと遠くに向けられる。

「あの船の美しさは、間近で見た者しかわからない……」

タニもまた、ヴィヴァーチェに魅せられた男の一人だった。ヴィヴァーチェには船乗りの心を摑《つか》み、揺さぶり、離さない力が備わっていたのだろうか。

「その船をあなたは爆破した」

ぽろりと言葉が零《こぼ》れた。

ライの黒眸が微かに動き、ヤンを捉《とら》えた。

「それは違う」

「違う？」

「大いなる誤解ってやつだ。おれはただ生き延びたかった。おれはまだ若く、どんなことがあっても生きていたいと望んだんだ。理屈じゃない。本能だ。生きるために必死だった」

「あなたの生命が危うくなる状況に陥ったわけですか。必死にならねば生き延びられないほどの危機にみまわれた」

「そうだ」

「それは、あなたの正体がばれたということですね」

「そうだ。おれとしては、上手《うま》くやったつもりだった。いや、実際、上手くやっていたのさ。クルーの中で船長を含め、おれを疑っていた者は誰もいなかった。地球への帰還軌道に完全に乗るまではな」

ライはそこで深く息を吐いた。身体の力が抜け、一回り小さくなったようだ。

「クルーは地上の家族宛てに、帰還の喜びを伝える電子メールを次々と送った。そういう話になっていたらしいが、ほとんどは嘘っぱちさ。貨物船に見せ掛けるための芝居に過ぎない。クルーたちは、秘密任務を背負っている。その報告と最後のテスト準備に追われていた。第一、クルーの半分以上がおれと同じで家族なんていなかったんだ。残りの半分だって似たようなものだ。十年、留守にした間に親が亡くなった者、女房に逃げられた者、恋人が他の男と結婚した者……そんなやつらばっかりさ」

「一日も早く母さんの顔が見たい」「みんな元気か。子どもたちはずい分大きくなっただろうな。パパは映像ではなく、本物のおまえたちを抱きしめたいよ」「愛してるぞ、愛してるぞ。もうすぐ、逢《あ》える」

ヴィヴァーチェからの最後の通信として伝えられた、あのメッセージは大半が紛《まが》いものだったわけだ。

家族を想い、恋人への愛を伝え、友人との再会を喜んだ。遺言ともなった数々のメッセージが、ヴィヴァーチェの悲劇をより色濃いものにした。

それが、紛いもの……。

「紛いものさ。ヴィヴァーチェそのものが偽り、羊の皮を被《かぶ》った狼なわけだ。それでも、クルーたちは人間だった。おれも人間だった。十年ぶりの帰還に船内の空気はどことなく浮き立っていたと思う。少なくとも、おれの心はどこか浮ついていたらしい。その浮つきが隙になり、緩みになった」

「ミスを犯したわけか」

スオウが言葉を挟んだ。決して大きくはない声なのに、眠っているウラとライを除いた全員が身を縮めた。スオウ本人でさえも。

ライの話がゆっくりと核心に近づいていく。

誰もが感じ取っていた。

「致命的なミスを犯した」

ライが答える。

「秘密裡《ひみつり》に地上に送る通信、むろん、伯爵宛てのものだ。それをクルーの一人に気づかれた。地球への帰還を目前にして、おれがスパイだとばれてしまったわけだ。当然、おれは捕らえられ、処刑されることになる」

処刑。

生々しい響きに、ヤンは思わず目を閉じた。

「その処刑の方法ってのが、おれをモルモットがわりに使うって手の込んだものでな」

「モルモット……実験動物という意味ですか」

「その意味さ。ヴィヴァーチェに搭載された最新式の武器は全てテスト済みだった。ただ一つ〝天使の微笑〟を除いてな」

「〝天使の微笑〟」

「何だと思う、ヤン」

ライが笑んだ。それこそ微笑だった。口元だけの微《かす》かな笑み。

「わかりません」

正直に答える。〝天使の微笑〟が何なのか、考えることが怖かった。なぜか、とても怖い。

「ある鉱物を化学処理することによって生じる気体だ。人体にとって極めて有毒な、な。手っとり早くいうと、毒ガスだ。さらに言えばある鉱物ってやつは、地球上にはない。小惑星群の一つから偶然採取されたものだ。クルーの中にいた化学者が処理方法をあみだし、抽出に成功した。成功という言葉が適切かどうかは、疑問だがな。何しろ、BIS本社からあまりに危険なため、実験の中止を言い渡されたほどの代物だ」

それはどれほどの殺傷能力があるのかと、誰も問わなかった。

「今、ガスと言ったが、〝天使の微笑〟は何かに反応して液体に変わる。そこに特殊な薬品を混合することでまた気体に戻るそうだ。その特殊な薬品がどういうものなのか、何に反応するのかおれにはわからない。探り出す前に、正体がばれてしまったからな。ただ、信じられないぐらいの殺傷能力があるらしい。数滴でミサイル一機に匹敵するとか……。しかも、効くのは人体のみ。他は虫けら一匹、影響ないそうだ。つまり、建物を破壊することも、他の何を傷つけることもなく、敵だけを殺せる。そういう兵器になるわけだ。ただし、それはまだ机上の論理でしかなかった」

「その人体実験にあなたを使おうとした……」

「化学者が強引に主張したそうだ。おれを、小型船艇に乗せて宇宙空間に放り出し、そこに〝天使の微笑〟を注入する。それを船内のカメラで観察しようとしたんだ」

ライの口元が歪《ゆが》んだ。

「いくらスパイとはいえ、十年間、同じ船で生きてきたんだぜ。人間ってのは、底無しに非情にも残酷にもなれるもんなんだな。あのとき、つくづく思い知ったよ」

「しかし、あなたはヴィヴァーチェから脱出できた」

「運がよかったんだ。クルーの間から〝天使の微笑〟……まったくたいしたネーミングだよ。名付け親のセンスに乾杯したくなる。それを地上の許可なく使用することに反対意見があがってもめたんだ。時間稼ぎができた。おれはその隙に、監視の目をくぐり、小型船艇で脱出した」

「ヴィヴァーチェはあなたを攻撃してこなかったのですか。最新鋭の戦闘機であるのなら、小型船艇を追撃するなんて容易《たやす》いことでしょう」

「火星近くまで帰っていたからな。あまり派手な動きはできなかったんだろう。むしろん、攻撃はされたさ。この傷はそのときのものだ。さすがに、ここまでかとおれも観念したんだが、そのとき、ヴィヴァーチェ内部で異変が起こった。カメラの映像と音声から判断して船内に〝天使の微笑〟が漏れ出たらしい」

ヤンがなぜと尋ねる前に、ライがかぶりを振った。

「原因はわからん。あの化学者が狂って意図的にまき散らしたのか、偶発的な事故なのか。ともかくヴィヴァーチェは地獄と化した。クルー全員が死に、おれだけが助かった。皮肉な話だが」

「皮肉じゃすまん。それでは話のつじつまが合わんじゃないか」

ミュウが控え目に口を挟んだ。

「ヴィヴァーチェは爆破された。それは事実だろう。あんたが爆破しなかったら誰のしわざなんだね。まさか、自爆装置が作動したわけじゃないだろう」

「自爆さ。自爆装置を強制的に作動させたという方が事実には近いだろうがな」

「強制的に作動させた……ってのは、誰がだ？」

ミュウは口髭《くちひげ》を引っ張り、髭の下の口をへの字に曲げた。

「地上の誰かさ。当時、BIS本社内にはヴィヴァーチェ専用の管制室が設置されていた。ヴィヴァーチェの強制爆破もそこでなら、可能だ。いやむしろ、管制室を除いて可能性のある場所はない」

ミュウがもう一度、髭の先を引っ張る。口元はもぞりと動いたが、言葉も呻《うめ》きも出て来なかった。

ヴィヴァーチェは地上からのコントロールによって、強制的に爆破された。

何のために？

むろん、その正体を隠すためだ。クルーが正常なままなら、処女航海に成功した最新鋭貨物船として帰還できた。

しかし、クルー全員が死亡する（正確にはバシミカル・ライを除いてだが）という異常事態が発生したとなると、ヴィヴァーチェの真の姿を隠蔽《いんぺい》し続けられるかどうか危うい。それならば、何の証拠も残さぬよう、爆破するしかあるまい。

ミュウが今度ははっきりと呻いた。

「うーむ、けどなぁ、巨額の費用と時間をかけて造った船をそう簡単にぶっ壊すのか。わしらの感覚からだと、もったいなさ過ぎて、縮み上がっちまうがな」

「どこが縮むんでがす。先生」

「どこだって構わん。ほっとけ」

「厳密に言えば、ヴィヴァーチェはⅠ号機ではなく0号機。つまり、試作機だった。自らの機能についての詳細なデーターを送ることが任務だったといえる。むろん、無事に帰還していれば、Ⅰ号機に格上げされただろう。地上だって、そのつもりでいた。ヴィヴァーチェを失うことは痛手だ。しかし、データーさえあればⅡ号機、Ⅲ号機を生産することはできる。ＢＩＳは大企業だ。軍部の後ろ盾もある。ヴィヴァーチェにかけた費用はさほど惜しくはなかったのかもしれない。おれたちとは感覚がまるで違うのさ、先生」

爆破するしかあるまい。

ＢＩＳの上層部、あるいはＢＩＳと結びついた軍部は判断した。その時点で、ヴィヴァーチェ内に生存者はいなかったのか？　その確認を徹底した後の爆破だったのか？　もし一人でも、瀕死《ひんし》であっても、生存者がいたら爆破は強行されなかったのか？

そこに思考が辿《たど》りついたとき、ヤンは全身が冷えて行く感覚に襲われた。身体そのものでなく心が震えあがる。

地球帰還が困難な状況に陥った時点で、ヴィヴァーチェは爆破される。決まっていたのだ。地球を出発したときから、既に決まっていた。ヴィヴァーチェはそういう船だったのだ。

自爆装置のスイッチとはどんなものなのだろうか。

白いのか赤いのか。あるいは、レバーなのか、ハンドルなのか。どんな形態であっても操作したのは人間だ。軍部に属する者か、BIS内部の者か。どちらにしても、その誰かはスイッチに指をかけた瞬間、何を感じただろうか。

憐憫《れんびん》、困惑、苦痛、逡巡《しゅんじゅん》……。それとも、何の感情もないまま、ただ機械的に操作したのだろうか。

歯の根が合わない。

人間ってのは、底無しに非情にも残酷にもなれる。

ライの言う通りだ、確かに。

寒い。

恐怖や絶望は体温を奪う。人を凍えさせる。

ヤンはウラを強く抱き締めた。温もりが伝わる。その温みにほっと息が吐けた。

「なんちゅうか、あきれちまうだに」

ドルゥも吐息を漏らした。

「おれらが聞いてた話と、何もかんも違うでな。いってえ、何を信じたらええのんか頭がこんぐらかっちまう」

「おまえの頭はいつだってこんぐらかってるじゃないか」

「先生の髪の毛ほどじゃねえでがすよ」

ミュウとドルゥのやりとりに、ほんの僅《わず》かだが空気が和んだ。ユイがさっきのヤンのように、長い息を吐き出した。タニは黙したまま動かない。一目惚《ひとめぼ》れし、追い続けてきたヴィヴァーチェの真実に打ちのめされているようだった。

しかし。

ヤンはウラを抱いたまま、一歩、前に出た。

人の無慈悲さに震える前に、空気の和みに安堵《あんど》する前に、訊《き》きたいことがある。訊きたい。訊かねばならない。

「ライさん」

呼び掛け、口中の唾《つば》を飲み下す。ライの顔がゆっくりとヤンに向けられた。

「ぼくの父は、N－ⅡA。β－34F。宇宙ステーションのロケット洗浄セクションで働いていました」

ケロイドの中で、ライの眼が瞬く。

「二年前に亡くなりました。突然死でした。父の前にも、二人、同じセクションで働く人たちが亡くなっています。三人とも持病があるわけではなく極めて健康で、突然死の要因となるものは何一つなかったのに、です」

さらに半歩、進む。

「今あなたの話を聞いていてふと思いました。あくまで推測です。でも……」

ライの顔が完全にヤンに向く。細められた眼からは、どんな感情も読み取れない。

「でも、的外れではないはずだ。BISはヴィヴァーチェの事故、いや、爆破の後も〝天使の微笑〟とやらの研究開発を進めていたのではないですか。父たちはその犠牲になった……。セクション内で人体実験が行われたとまでは思わないが、何かの手違いで父たちは気体となった〝天使の微笑〟を吸いこんでしまった。そうは考えられませんか」

洗浄セクションはステーションの最も北寄りにあった。研究所に近い。秘密裡《ひみつり》に毒ガスの開発、製造を試みるなら研究所しかあるまい。ヴィヴァーチェに搭乗していた化学者はおそらく独自の方法で〝天使の微笑〟の抽出に成功したのだ。その方法は地上には伝えられていなかった。あるいは、不完全な形でしか伝わっていなかった。生まれ故郷の街に悪性の腫瘍《しゅよう》のようにとりついたステーションと研究施設は内部で人の生命を蝕《むしば》む実験を繰り返していたのでは。

腕の中でウラが身じろぎする。穏やかな寝息が耳に心地よい。

あの霧だって……。

街を覆い、光を閉ざし、身体に纏《まと》わり付いてくるあの霧だって、研究施設と無縁ではないだろう。街は低地にあり、昔から霧の溜《た》まる場所ではあった。祖母たちは霧をアレと呼んでいた。アレ。その響きの中には疎ましさではなく、愛しさが含まれていた。そう、街の人々は昔、霧と共に生き、暮らしていたのだ。

その霧が、ステーションの建設から徐々に変化していったと祖母は、生前、繰り返し嘆いていた。

こんな色ではなかった。昔からアレの多い処《ところ》ではあったけれど、昔のアレはもっと白く艶《つや》やかで……光が差し込むとキラキラ輝いたりしたもんさ。そう、キラキラ輝く光の帯ができたりしたんだよ。わたしたちは、幸福の帯って呼んでいたものさ。

アレは優しかったし、きれいだったよ。こんなに汚れたりはしていなかった。

街を包む霧は美しかったのだ。光を遮るのではなく、吸い込み反射して煌《きら》めいていたのだ。その美しさは、ステーションの建設とともに失われた。灰汁《あく》色に淀《よど》み、重く垂れこめるようになった。

それはなぜか？

研究施設の内側から、微量な毒物が漏れ出ていたとしたら。地形と風の関係で、その物質はヤンたちの街に溜まり、滞り、霧と混ざり合う。研究施設のスタッフはほぼ高台に住む階層の人々だ。霧の街に住居があるわけではない。毒物が拡散せず街の内に留《とど》まるのなら、自分たちには何の害もないと、考えた。

穿《うが》ち過ぎではないだろう。

ヤンの脳裡《のうり》に、血塗《ちまみ》れの人々が浮かんだ。軍部は城に押し掛けた人々の中にロケット弾を撃ち込んだ。自分たちと同じ人間だと思ってはいないのだ。僅かも。

街の住人が苦しもうが、洗浄セクションの労働者が死のうが、心は痛まない。事実の隠蔽《いんぺい》にやっきになるだけだ。

ちくしょう。

胸が痛い。

嚙《か》みしめた唇が裂けそうだ。

こんな理不尽が許されていいのか。

王、貴族、軍部、街の住人。富裕、貧困。高台、低地。

生まれ落ちた場所が違うだけだ。人は人、命は命ではないか。

「おれには答えられない」

ライが言った。ヤンのざわめく感情を宥《なだ》めるかのような、淡々とした口調だった。

「その可能性は大いにあるかもしれないがな。おれに言えるのは、〝天使の微笑〟の開発は暗礁に乗り上げ、ついに放棄されたってことだけだ。というより、必要なくなった。軍部にとって強力な敵がいなくなったからな」

タニが顔を上げ、ユイと目を合わせた。ユイは無言で首を傾げる。スオウの端整な横顔が引き締まった。

「ヴァンが、伯爵家が前王の弟である司令官と手を握った」

「な……」

タニとユイが同時に立ち上がった。二人とも、半ば口を開け眼を見開いている。

「そうだな、スオウ。おまえの父親は国王を裏切り、軍部に加担した。伯爵が寝返ったことで今回のクーデターはすんなりと成功した。伯爵家は代々国王軍を統率する家柄だ。王は自分たちを守るべき側近を失い、ほぼ丸腰の状況となった。端《はな》から勝ち目はなかったわけだ。はは、最新鋭の戦闘機や有毒ガスなど使わずとも、司令官は勝利を手に入れられたわけだ」

ヤンは腕の中のウラに視線を落とした。

よく寝入っている。

この少女に何も聞かせたくない。何も知らせたくない。

視線をウラからスオウに移す。

「スオウ……、本当なのか」

「ああ」

尖《とが》った顎《あご》が僅かに上下した。うなずいたのだ。

「父は国王を裏切った。もともと、現国王陛下とは反りが合わなかったらしい。司令官と手を結ぶ方が利になると計算したのだろう。確かに……根っからの策謀家だ」

「しかし、きみは兵士と戦っていたじゃないか。ウラを守ろうとして、ヴィヴァーチェⅡに乗り込んだ」

「兄の命令だったからだ」

スオウはヤンに向き合おうとはしなかった。眼差《まなざ》しを空に漂わせながら、言葉を紡ぐ。

「命をかけて王女を守れ。兄がわたしに命じた」

　スオウが口をつぐむ。代りのようにライが続けた。

「そう、ロークは国王を裏切らなかった。ガキのころから、王の側近として育ってきたんだ。あいつの性格上、裏切るなんて絶対にできなかったろうよ。ヴァンが唯一読み違えたのが、そこだ。息子が、そして娘も唯々諾々と自分の意に従うと考えていた。ところが、ロークは父親に抗《あらが》い国王につき、スオウは王女を守ろうとした。伯爵家は二分したわけだ。まったくね、ロークとスオウを除けば、どうにも使えない役立たずしか残っていないというのに、どうするんだか。ふふ、伯爵家も遠からずお終《しま》いになるかもな」

「あんたはどうなんだ」

　スオウが立つ。一瞬、鋭い殺気が飛んだ。

「あんたは、どちらについている。兄上はおまえのところに行けと言った。あんたと兄上は以前から繋《つな》がっていたんだな」

　ライが大仰な仕草で肩を竦《すく》める。

「おれはロークが好きだったんだよ。いささか頑固な面はあるが、自分の信念と矜持《きょうじ》をちゃんと持っている。ヴァンより百倍もマシな男だ。おれは、兄貴より甥《おい》っ子の方を信用も信頼もしていた。残念なことだ」

「残念？」

「ロークのことさ。あんな優秀な人材をみすみす殺してしまった」

「兄上は死んでなどいない」

スオウの声が室内に響く。

「つまらぬ戯言《ざれごと》を口にするな」

「おまえこそ、現実から目をそむけるな。ロークは死んだ。あの状況で生きているわけがない。死を覚悟したからこそ、おまえに王女を託したのだろう」

スオウが唇を嚙み締める。ライは座ったまま、その横顔を見詰めた。そして、呟《つぶや》いた。

「生きろと言っただろう」

「なに？」

「ロークだ。おまえに、何があっても生き抜けと伝えたはずだ」

「……生きて姫を守れとは言われた」

ライがかぶりを振る。

「違う。使命は使命として、ロークはおまえに生きていて欲しかったのだ。生き続けて欲しかった。おれが言うまでもなく、おまえにはわかっていただろう。スオウ」

ライの口調に温みが滲《にじ》む。

「自分の知った真実から目を背けるな」

スオウのまつげが伏せられる。先が震えていた。

「あなたはどうなんです」

ヤンは問うた。問わずにはいられなかった。

「あなたは、あなたの真実とどう向き合うのです。いや……もっと露骨にお尋ねします。あなたは、国王の側に力を貸すつもりなのですか」

「いや」

即答だった。場の空気が強く張り詰める。

「では……伯爵と司令官に加担するわけですか」

もしそうなら、ウラの命が危ない。さっき体内を巡った憤怒の情が掻《か》き消える。父の死より、少女の生に心が反応する。

守らねば。この身を犠牲にしても、ウラを守らなければ。

強い覚悟に、ヤンは身構えていた。

「いや。しない。おれにとっては」

ライが真正面からヤンを見据えてきた。

「どちらも敵だ」

唐突にライは立ち上がる。

「おれは海賊だ。誰にも従属しない。この宇宙で海賊として生きる。とっくにそう決めていた。もう地球には戻らない。なぁ、ヤン」

「はい」

「おまえは、おれが国王側と軍部と、どちらにつくかと問うたが、両者にどれほどの違いがある?」

返事に詰まる。

「どちらも国民を支配し、搾取し、富と権力を独占しようとやっきになっている。そこに、BISという大企業が加わり、甘い汁をさらに吸い上げる構図ができあがっているじゃないか。だいたい、あの宇宙ステーションだって最初は国王の肝煎りで始まった事業だったんだ。BISは軍部と結託しながら、国王側をも利用して事業を拡大し肥え太ってきた。王族、軍部、企業。どれも似たり寄ったりの怪物さ。自分の利益のためなら、何でもやる。おれは、どこに組み込まれるのも嫌だね。むろん、ロークのように信義のために命を捨てるのも御免だ。おれはヴァンと、いや、地上の全てと縁を切った。さきほど、地球に秘密裡《ひみつり》に帰還していたと言ったが、それは最初だけさ。地上の権力争いにうんざりして背を向けてから久しい。ただロークとはたまに連絡をとりあっていた。おれは、やつが気に入っていたし、やつもおれを信頼していた。その信頼には応える。ロークが命懸けで守ろうとしたものをおれも守るさ。それが、やつへのたった一つの餞《はなむけ》だろうよ。しかし、ロークのように国王に忠誠を誓うなんてまっぴらだ。おれは自由だ。何にも誰にも捉われない。捉われないまま生きて、自由に、宇宙を飛び回る。ヴィヴァーチェといっしょにな」

「しかし、ヴィヴァーチェは爆破されて」

ヤンは息を飲み込んだ。

ヴィヴァーチェは存在している。

この眼で見たではないか。

宇宙空間に浮かぶ、紅色の鱏《えい》を。

ライの語りに引き込まれ、明白な事実を見失っていた。

ライがにやりと笑う。

「そう、おまえたちが眼にしたあれこそが、本物のヴィヴァーチェ。おれの船だ」

「しかし、どうやってヴィヴァーチェを……」

ライの笑みがさらに広がった。

「どうやって復活させたかって？　ふふ、さあ、そこは謎のままにしておきたいね。その優秀な頭を働かせてみたらどうだ、ヤン」

「ぼくには難解すぎる問題ですね。ただ……」

「ただ？」

「ヴィヴァーチェが爆破されてから、再び現れるまで、ずいぶんと長い時間が経っている。それは、復活までにそれだけの時間が要ったということですね。ヴィヴァーチェが完成して初めて、あなたは宇宙海賊としてぼくたちの前に現れた。ＢＩＳの貨物船を襲うというやり方で」

「ＢＩＳの船なら、お宝をたっぷり積んでいるからな」

「それは、ＢＩＳに対しての宣戦布告でもあったわけですか」

「ＢＩＳだけじゃない。国王に対しても、軍部に対しても、だ」

「ライさん」

「何だ」

「あなたの仲間、あなたの言葉を借りれば海賊たちは、どこから来たのです」

ゴドの姿が浮かんだ。

酒場での語らいの後、霧の中に消えていった後ろ姿だ。あのとき、僅《わず》かではあったが違和感を覚えた。

ゴドはなぜ、海賊船、ライ、ヴィヴァーチェに関して何も訊《たず》ねなかったのか。もしかしたら、その存在を既に知っていたのでは？

あのとき微《かす》かに生じた疑念は、その後のあまりに目まぐるしい出来事の中で、忘れ去っていた。忘れていたけれど、消えたわけではない。今、生々しい感触としてよみがえってくる。

ライといると自分を包みこんでいた布が一枚一枚はがれ落ちていく。そんなふうに感じる。同時に、自分が何も知らずにいた、知らぬままだったと思い至る。

「あなたを信じ、尊敬する仲間たちが地球にいる。それは、王族でも軍関係者でも、むろん、ＢＩＳ上層部の人間でもない」

おそらく、霧の街の住人、最下層の人々だろう。支配され、搾取され、虐げられて生きる。生命を木の葉より軽く扱われ、家族を強制的に取り上げられてもなす術《すべ》もない人たち。

ヤン自身に繋《つな》がる人々だ。

「あなたは、実はその人たちと密接に連絡をとりあっているのではないですか。その内の幾人かは海賊としてヴィヴァーチェに乗り込んでいる……、違いますか」

ライからの答えは返って来なかった。

沈黙が答えになる。

そうだったのか、やはり。

ゴドはどこまで知っていたのだろう。ライの生存も、海賊の正体も心得ていたのだろうか。それとも、希望として語られる話を耳にした程度のものなのだろうか。

ヤンはライを見据え、静かに息を吐いた。

「あなたは、宇宙海賊として生きるといいながら、地上に深く関わろうとしている。王族、軍部、大企業、巨大な敵を相手に戦おうとしている。そうですよね」

「おれは、取り戻したいだけさ」

ライはヤンの視線を受け止め、やはり静かな吐息を漏らした。

「おれの育った街を取り戻したいだけだ。あいつらが、自分たちの利益のためにおれたちの街を破壊した。あいつたちから、おれの故郷を……おれとおふくろが生きていた街を取りかえす。ヴィヴァーチェから脱出した後、おれはそのことだけを考え続けた。伯爵の息子や弟としてでなく、無慈悲に踏みにじられる立場の者として、どう生きればいいか、とな。ふふ、親父にしても兄貴にしても、おれを肉親だと認めたことは一度もなかった。使い勝手のいい駒に過ぎなかったのさ。どう生きればいいか……考え、考え、やつらと戦い、全てをひっくり返すと決めた」

「全てとは、王族も軍部もBISも一掃するということですか」

「そうさ。クーデターなんかじゃない。本物の革命だ。街をいや国を自分たちの手に取りかえすのさ」

「そのために、あなたは海賊になった。革命に必要な資金や武器を集めるために」

「一番、手っ取り早い方法だからな。ヴィヴァーチェを粉々にしたやつらの胆を潰《つぶ》し、おののかせてやるつもりでもあった。戦闘開始の合図さ。準備が整えば、地上と宇宙、二方面から事を起こす手筈《てはず》だったんだ。まさか、このタイミングでクーデターが起ころうとはな……。正直、驚いた」

「千載一遇の機会かもしれない」

「なに？」

「王族は滅び、軍部もまだ支配体制を確立していない。地上は混乱の極みにある。全てをひっくり返す最高のチャンスのようにも思えますが」

「ヤン、おれを焚《た》きつけているのか」

「思ったままを口にしたままでです」

暫《しばら》くの間、沈黙が続く。無言のまま視線を絡ませる。

ライが先に逸《そ》らした。

「最高のチャンスか」

呟《つぶや》きがヤンの耳朶《じだ》に触れた。ライは顔を上げ、やや硬い口調で告げた。

「今夜はこのぐらいにしよう。ヴィヴァーチェII号のクルーには敬意を表して、一人一部屋ずつ用意をしている。食事も部屋に運ばせる。ゆっくり休むんだな」

「温《あった》けえベッドと食事。ひえっ、ありがてえこった」

ドルゥが手を重ね、拝む真似をする。そのとたん、尻《しり》もちをついた。ソファーが消えたのだ。フールココが元の姿に戻り、ライに従うように傍らに寄り添う。

「いってて。ちゃんと知らせてから元に戻って欲しいもんだがな。しこたま尻を打っちまった。先生、湿布してくだせえや」

「そんなもの持っているわけなかろう。おれだって、すっ転んだんだ。おい、海賊か革命家かしらんが悪さが過ぎるぞ」

「申し訳ない。ご無礼でしたな、ドクター。では、諸君。よい夢を」

「待ってくれ」

ドアに向かって歩き出したライを、ユイが呼び止めた。

「もう一つだけ教えて欲しい。ここは、いったいどこなんだ。惑星なのか、宇宙ステーションなのか、どのあたりに位置しているのか」

ライは振り向き、ちらりとユイを見やった。

「そんなことを聞いてどうする？」

「どうするって……自分たちがどこにいるか知りたいのは当たり前だろう」

ライの肩が上下する。

「ここは宇宙だ。住所なんてないさ。誰も手紙を配達しには来ないからな。それとも、恋文を届けたい相手でもいるのかね、副船長」

「いや……女と酒と船酔いには辟易《へきえき》している。おれは、その……ちょっぴり不安になって尋ねてみただけさ。あんたが、おれたちをどうするつもりなのか摑《つか》めないんで」

「おれはロークから王女を託された。きみたちは彼女をここまで運んで来た。きみたちの仕事には敬意を払う。粗略には扱わないさ。きみたちが敵にならない限りは、な」

「おれたちが敵になる？　そんなわけがない」

ユイは顔を紅潮させる。珍しく興奮しているようだ。

「そうかな？　人の正体ほど見えにくいものはないぜ。牛は牛、馬は馬だが、人だけはどうにでもかわる。仲間だと信じていた者がくるりと敵に寝返ることだってあるのさ。ヴァンが好例だろう。側近中の側近が実は司令官と手を結んでいた。事実を知って、お人よしの国王は叫んだだろうよ。『そんなわけがない』とな。きみたちがそしてこのバシミカル・ライがそう叫ばずにいられる保証は、どこにもない」

ユイの頬から血の気が引いた。

「では、もう一度、諸君の安眠を祈って。よい夜を。ふふ、まぁ宇宙には住所同様、昼も夜もないがな」

ライが出て行く。

ドアが閉まる。

一瞬、静寂が訪れる。

「う……うん」

ウラが身じろぎし薄く目を開けた。

おぼろげな眼差《まなざ》しがヤンに向けられる。小さな唇が動いた。

「……お兄ちゃん……」

え？　今、何と？

ウラは再び瞼《まぶた》を閉じ、ヤンの胸にもたれかかってきた。

「姫を」

スオウが小さな身体を抱き取る。

「スオウ、あの」

ヤンの声も視線も断ち切るように、スオウは背を向ける。

「うん……スオウ、ここはどこじゃ？」

ウラが呟く。眠たげな、愛らしい声音だった。

「姫、どうぞこのままお休みください。すぐにご寝台にお連れ致します」

「ヤンは……」

「おります。お目覚めになったとき、わたしもヤンもお傍に侍《はべ》っておりますので、何とぞお心安くお休みください」

「うん。我は、眠い……」

ウラは再び規則正しい寝息を立て始めた。

ふっと、子守唄《うた》を思い出す。

母のアイがナコを寝かしつけるため歌っていた。

おやすみ、おやすみ、明日《あした》まで。

良い子はおやすみ、ぐっすりと。

明日の朝は青い空、いいことたくさん、ありますよ。

小さな貧しい家の中に、毎夜、母の歌声が響いていた。父も祖母もヤン自身も笑みながら耳にしていた。

「おれも、あの歌を歌って寝かしつけてもらったのかな」

「残念ながら、そうじゃないね」

「ちがうの？　祖母《ばあ》ちゃん」

「おまえに子守唄を歌ったのは、この婆《ばば》だよ。自慢じゃないがわたしは街一番の美声と言われたもんでね。二分も歌えば、どんな赤ん坊もすやすや寝入ったもんさ。もちろん、おまえもおまえの父親もね」

「母さん、孫を相手に法螺《ほら》話をするなよ。おれ、母さんの子守唄のせいで音楽嫌いになっちまったんだからな。ありゃあ、歌じゃなくて唸《うな》り声だったぞ」

「まぁフチ、よくお言いだね。覚えておいで。今夜から毎晩、おまえの枕元で特製の子守唄を歌ってやるから」

「うへっ、それだけは勘弁を。おふくろさま」

父が身を縮める。その仕草がおかしいと祖母が笑った。ヤンも笑った。どうということはない、ささやかな、しかし、平穏と幸せに彩られた一コマだ。もう、遠い。あまりに遠い思い出だった。

幻の歌声にヤンは耳をそばだて立ち尽くしていた。

五章　地球へ

気配がした。

その気配に目が覚めたのか、目覚めようとしていたから気配に気がついたのか。

ヤンはベッドから起き上がり、辺りを見回す。

簡素な部屋だった。

ベッドと小さなテーブルとイス一脚の他は、家具はない。ただベッドの寝心地はすばらしかった。柔らかく、温かく、横たわるだけでそっと包み込まれる感触がしたのだ。枕元のスイッチを押すと、間接照明なのか壁が淡く光った。光源がどこにあるかわからなかったが、その光も柔らかく温かい。そんな部屋を一人一部屋、あてがわれていた。船室に比べるまでもなく、ヤンの人生の中で最も居心地のよい場所だと思う。

それなのに熟睡できなかった。

思うこと、考えることがあまりに多く、ともすれば思考は乱れ、感情は揺れる。その合間に浅い眠りが訪れた。

誰かが廊下を歩いた？

違うか？

海賊の誰かが見張りに立っている？

いや、見張る必要などないはずだ。

ヤンは起き上がり、部屋のドアをそっと押した。

誰もいない。

気のせいか。

息を吐き出したとき、隣室のドアが開いた。

「スオウ」

黒い戦闘服姿のスオウが廊下に滑り出てくる。ヤンを見やり、無表情のままうなずく。

「おまえも感じたか」

「ああ……誰かが通り過ぎたような。けど、気のせいかもしれない」

「わたしとおまえと。二人同時にありもしない気配を感じたと？」

「ありえないか」

「ありえない、誰かが通ったのだ。ここは、ヴィヴァーチェII号のクルーしかいない。クルーの誰かが起き出し……」

どこにいった？　何のために？

スオウが前に出る。足音はほとんどしなかった。その眼が赤く充血していることを見て取る。

眠れなかったのか、泣いていたのか……。

「スオウ」

名を呼んだ後、思いがけない言葉が口をついた。

「諦《あきら》めるな」

スオウの足が止まった。

「お兄さんのことを諦めるのはまだ、早い」

黒髪が揺れる。艶《つや》が光となり煌《きら》めいた。

「わかったようなことをぬかすな。兄上は陛下のお側近く、城の最奥部にいた。生きているわけがない。いや……兄上は既に覚悟を決めておられた。生き延びる気など微《み》塵《じん》もなかったはずだ」

「しかし」

「諦めなどとっくにつけている」

ヤンに顔を見せないまま、スオウは吐き捨てるように言った。

「兄上を……諦めるしかないのだ」

口調にも声音にも乱れはなかった。ただ、指が身体の横で強く握りこまれる。

ヤンは悟った。

伯爵家の中で、兄ロークだけがスオウの理解者であり、保護者だったのだろう。ヤンには貴族社会の何もわからなかったが、母の出自によって子が蔑《さげす》まれ、疎まれるとは容易に想像できる。階級社会とはそういうものだ。僅《わず》かな差異で人を選別する。ライのように、捨て駒にされる者だって珍しくはないのかもしれない。

スオウにとって長兄は、心の拠《よ》り所だった。縋《すが》れるただ一人の存在だった。

スオウはロークを愛したのだろうか。

硬いこぶしを見ながら思う。

愛したのだろうか。

兄上を……諦めるしかないのだ。

城が燃え上がる遥《はる》か以前から、自分にそう言い聞かせてきたのだろうか。

ヤンは息を整え、スオウの前に立った。

「スオウ、ウラ王女はナコだな」

答えが返る前に、続ける。

「さっき、呼ばれて確信できた。あの子はナコだ。間違いない」

スオウがかぶりを振る。

「あのお方はウラ王女だ」

「スオウ、頼む。本当のことを言ってくれ。おれはナコの兄だ。おれとナコは、きみとロークのように兄妹《きょうだい》なんだ。ロークがきみを愛し、慈しんだように、おれもナコが愛しい。かけがえのない、たった一人の妹だ。おれに、返してくれ」

スオウがほんの少し身を引いた。

「おれたちからナコを奪って行ったのは、きみの兄さんだ」

確証はない。しかし、間違ってはいないだろう。

あの日、兵士を率いていた長身の男の、黒髪の美しさと凍《い》てついた湖面を連想させる眼。どちらもスオウに繋がっている。

男は横柄で粗暴な兵士や使いのなかで、唯一、ヤンたちに礼儀を通した人物だった。どのように礼儀を通そうと、ナコを奪ったことに変わりはないが。

「妹を返してくれ」

百万回でも叫ぶ。

妹を返してくれ。

「きみなら、わかるだろう。兄妹の気持ちがどんなものか、わかるはずだ。きみたちは勝手な都合で、おれたちを引き裂いた。引き裂いたままにしないでくれ」

スオウの指がゆっくりと開いていく。

「ヤン」

名を呼ばれた。どこか甘やかな響きを含んでいた。

「もう一度言う。あのお方はウラ王女だ。心はな」

「心？　どういう意味だ」

「ウラ王女の肉体は既にない」

「は？」

「姫は一年前に亡くなられた」

「な……」

「もともと、お身体の弱い方だった。医者からは五歳まで生き延びられないと言われていたのだ。このことは、国家の機密事項だったから、国王陛下の他に数人しか知らない」

声が出なかった。では、ナコが連れ去られたとき王女はすでに、死の床にあったのか。

「それでは……それでは、ナコを王女に仕立て上げるために連れ去ったわけか」

「……だろうな。おまえの妹は王女と瓜二《うりふた》つ、生き写しだった。まるで奇跡のようにな。王女の死は、国王陛下の直系の血が途絶えることを意味する。それだけは、何としても避けねばならなかった。前王弟である軍部最高司令官が王位継承権を行使することも十分、考えられる。他にも王位を狙う者はおおぜいいたのだ。ウラ王女は死んではならなかった。何としても生きて、女王とならねばならぬ定めだった」

そんなことは、そっちの勝手な都合にすぎない。おれたちに何のかかわりがある。

叫びを辛うじて抑える。押し殺した低い声で尋ねる。

「ナコは、自分を王女と信じ切っている。城でどんな目にあわされたんだ」

「丁重に扱われた。この上ないほど丁重に、な」

「丁重に記憶を消去され、王女としての新たな、偽物の記憶を埋め込まれたわけか」

どんな方法を使ったのか。薬物か、外科手術か……ナコはナコとしての記憶、思い出の一切を封印され、ウラ王女として生きることを強いられた。

幼子に己を捨てることを強要したのだ。無理やり、過去を奪った。

あまりに残酷な仕打ちではないか。

スオウが息を吐く。

「王女が亡くなられる前の数ヵ月、おまえの妹……ナコはずっと王女の傍らに侍《はべ》っていた。王女がお離しにならなかったのだ。ナコは王女にとって初めての友だった。ほんの一時だが、王女は驚くほどの快復を見せ、ナコと共に城の中を歩き回れるほどになられた。ほんの一時、消える前のロウソクの揺らぎのような快復だったが、それでも、王女は楽しげに笑い、話し、ハープを弾き、歌っておいでだった。王女があのように屈託なく晴れやかにお笑いになるのを、わたしは初めて拝見した。王女にとって、ナコと過ごした月日は至宝そのもの、大切でかけがえのない時間だったのだろう。ヤン、覚えているか。ゴドという七面鳥の話を」

「あぁ……厨房《ちゅうぼう》で見たという……」

「あれは王女の記憶であると同時にナコの記憶でもある。あのとき、二人は手を取り合って厨房に下り、七面鳥を見たのだ」

王位継承者と霧の街の娘。二つの運命は交差し、結びつき、幼い友情を育んだ。そして王女は死に、ナコは記憶を奪われた。

「ナコは元の記憶を取り戻せるのか。まさか、一生王女のままではないだろうな」

「わからない」

スオウは淡々とした口調のままだった。

「記憶の移植など前代未聞、これまで、誰も経験したことのないものだ。一度、移植した記憶が一生涯薄れぬままなのか、以前の記憶が戻るのか、二つが混乱してしまうのか……判断できない」

「万が一記憶が混乱すれば、ナコはどうなる？　二つの記憶、二つの人格に苦しみはしないのか」

「……わからない。ともかく、ウラ王女の死をどこにも悟られぬまま、気づかれないまま時間を稼ぐ。その間に然《しか》るべき手を考える。それが城の下した判断だった」

「きみたちは、その判断に従った。何の疑問も躊躇《ちゅうちょ》もないまま」

「王家の継承を思えばその方法しかないと信じていた。亡くなったのはウラ王女ではなく、ナコという少女。ウラ王女は健在なままだと……、ともかく時間が必要だったのだ」

時間稼ぎ。

それだけのために、ナコを連れ去った。家族から引き離し、記憶さえ奪った。

スオウ、きみはそれを罪とは呼ばないのか。

「わたしは……どうすればいいのだろう」

ヤンから視線を逸《そ》らしたまま、スオウが呟《つぶや》く。か細い頼りなげな呟きだった。スオウのものとは思えない。

「軍部への反撃のためには、核となる王位継承者、ウラ王女の存在は必要不可欠だ。だからこそ、王女を必死に守り、バシミカル・ライの力を借りて、国王軍を立て直す」

「それがきみの使命だった」

「あぁ……使命だった。けれど……」

ヤンは思わず両手を伸ばしかけた。スオウがくずおれるような気がしたのだ。くたくたと廊下にしゃがみこみ、膝《ひざ》をつき、呻《うめ》くように思えた。しかし、そのままだった。スオウの身体は微動もせぬまま、彫像のようにヤンの前に立っていた。

「兄上が亡くなった今、どれ程の意味がある？　父は国王を裏切り、兄上は国王に殉じた。ライの言う通り、伯爵家は最も頼りとする柱を失ったのだ。いつか自壊していくだろう。わたしの使命など……何の意味も力もない」

「地上をこのままにしておいてはいけない。そうは思わないのか」

スオウの顎《あご》が上がる。ヤンと視線がぶつかる。

「これもバシミカル・ライの言葉通りだ。王家も軍部も企業も、みな同じだ。自分たちの権力と栄華しか望んでいない。そういうやつらに、いつまでもあの国を支配されていていいのか。スオウ、きみはどう考えて」

「わたしは、国王軍の兵士だ」

スオウの声が鋭く高くなる。薄刃のナイフで乱麻を断ち切るように、ヤンの言葉を遮る。

「兵士として生きる術《すべ》しか知らない。何が起ころうと、生き方を変えることなどできないのだ」

「ごまかしだ」

「なに？」

「きみは自分をごまかしているだけだ。変われないいんじゃない、変わろうとしないだけだ」

「ヤン」

「自分を引き受けて、新しい生き方を模索しようともしない。きみは、困難な、けれどきみが辿《たど》るべき道から逃げている」

どこまで逃げ続けるつもりなんだ、スオウ。

破滅までか。兄のように誰かに殉じて死ねる、そのときまでか。

スオウの額に汗が浮かんだ。

陶器を思わせる白い肌の上を一粒、流れ落ちて行く。

悲鳴が聞こえた。

男のものだ。

ヤンより一瞬早く、スオウが走りだす。ヤンもすぐに後を追った。

「たっ、助けて、助けてくれ」

悲鳴は格納庫から伝わってきた。

二機のヴィヴァーチェが一卵性双生児のように並んでいる。

スオウが、続いてヤンがヴィヴァーチェの間に駆け込む。そして、二人とも大きく目を見開き、その場に棒立ちになる。

異様な光景だった。

床から、太い蔦《つた》──おそらく蔦だろう。ヤンには蔦としか見えなかった──が、幾本も生えくねくねと波打っている。ヤンやスオウの足元からも次々と現れ、くねりながらみるみる伸びていくのだ。その中、一際太く長い物の先に男がぶらさがっていた。ヴィヴァーチェの屋根を越えたあたりだ。四方から伸びてきた蔦が男の手や足にからみついている。男は蔦によって、がんじがらめにされたまま、宙に浮いている恰好だった。

男が足掻《あが》き、顔をねじる。

「ユイさん！」

ヤンが叫んだのと同時に蔦の一本がユイの首に巻き付いた。絞めあげる。

殺意。

蔦から憎悪を越えた殺意が伝わってくる。

そんな、ばかな。いや、しかし……。

さっきもそうだ。あの欄干で、温もりと感情を感じたではないか。

植物じゃない？　体温と感情を持つ生き物？

「く、苦しい。助け……、助けて……くれ」

ユイの顔が異常に赤らむ。

「やめろ、殺すな」

ヤンは腹の底から声を張り上げた。

「どんな理由があっても、殺してはいけない。やめるんだ」

どんな理由があっても、殺してはいけない。

自分の発した言葉が突き刺さる。

血だらけの母、骸《むくろ》となった父、痩《や》せさらばえた祖母、泣きながら兄を呼び続けた妹、そして、虫けらのように殺されたたくさんのたくさんの人々。

ぼくは誰も殺さずにいられるだろうか。この憎悪を、この憤りを抑えきれるのだろうか。

誰も殺してはいけない。

「殺すな、殺すな、殺すな」

憑《つ》かれたように繰り返す。

蔦の動きが止まった。一本一本がするすると床に消えていく。

ユイが放り出され、激しく咳《せ》き込んだ。

「ユイさん」

駆けより、抱き起こす。首筋に二条の赤い痕《あと》が残っていた。かなりの力で締め付けられたのだ。

「ユイさん、だいじょうぶですか」

「う……何とか……。ヤン、今のあれは……何だ」

「わかりません。ただ」

いや、まさか。そんなことがあるだろうか。しかし、しかし、もしかしたら……。

「何をしていた」

スオウが問う。

「みんなが寝静まったころ合いを見計らって、何をしようとしていたんだ」

ユイの顔が歪《ゆが》む。その歪みのまま、スオウを見上げる。

「眠れなくて……、あんたのくれたお宝がどうにも気になったんだ。無事かどうか確認したくて、ベッドを抜け出してきた……」

スオウの眉《まゆ》が顰《ひそ》められた。

「あれは、何だ？」

ヴィヴァーチェの前部車輪の近くに銀色のケースが転がっていた。

「あれは、おまえの物か」

「え？　いや……」

スオウが腰を落とし、ケースへと手を伸ばす。

「触るな」

鋭い声と共に、周りが明るくなる。壁が発光を始めたのだ。

背後にライが、その後ろにタニとフールココが立っていた。

「それは、小型時限爆弾だ。うかつに触るな」

ライが静かに言い切る。

「小型時限爆弾？　何でそんなものが転がっている」

「ユイがヴィヴァーチェを爆破しようとしたからさ。いや、ヴィヴァーチェだけじゃない。おれたちごと、ここを吹き飛ばそうとした」

「そんな！」

ユイが文字通り飛び上がった。

「おれがヴィヴァーチェを爆破？　そんなこと、考えるわけねえだろう。おれは、ヴィヴァーチェII号の副船長だぜ。そんなことをする理由がねえだろう」

「副船長の前に、軍部のスパイではないのか」

ヤンは息が詰まりそうになった。

ユイさんがスパイ。そんな、ばかな。

「濡《ぬ》れ衣《ぎぬ》だ」

ユイの声が裏がえる。

「船長、ヤン、こんなやつの言うことを鵜呑《うの》みにしないでくれ。おれがスパイだなんて、とんでもねえ冗談だ」

ぼこっ。

ユイの股《また》の間から蔦が真っ直ぐに突き上がってくる。そのまま、ユイの首にからみついた。

「うわぁぁぁぁ」

「人の思考をこいつは読みとれる。全てを破壊し、自分だけヴィヴァーチェII号で脱出しようとしたおまえの思惑もちゃんと捉《とら》えたさ。どんな最新鋭のレーダーよりも正確にな」

「うう、ゆっ、許して……くれ」

「殺意には殺意で、暴力には暴力で、慈悲には慈悲で返す。それがここの掟《おきて》だ。が、しかし、おまえはヴィヴァーチェII号のクルーでもある。こいつの処分は船長にまかせよう」

ライが指を鳴らす。蔦は現れたのと同じ速さで消えていった。

「さて、どうするね、タニ船長」

ライは一歩下がり、タニは一歩前に出る。

「ユイ……、何でだ。何でこんなことを……。おまえがスパイだったなんて、おれたちを殺そうとしただなんて……信じられん」

ユイは顔を伏せたまま、黙していた。

「ユイ、答えろ！」

笑い声が伏せた顔から漏れる。

ククク、ククククク。

「何がおかしい」

「ははは、あんたがあんまりおめでたいからだよ。おれは……ずい分前から司令官の手先として働いていた。ロークって野郎が、民間の船を王族の脱出用に手配しているって情報を司令官は手に入れてたんだ。しかし、その民間機の特定ができない。だから、おれに探らせていたのさ。おれはすぐにあんたに目をつけた。だから、擦り寄って」

ユイが吹っ飛ぶ。タニのこぶしが顔面にめり込んだのだ。タニの息が荒く、激しくなる。

「おまえは、おれたちを裏切った。船乗りとして絶対にやっちゃあいけねえことをやったんだ。宇宙の掟どおり、裏切り者の罰を受けてもらう」

宇宙の掟。

僅《わず》かな酸素と食料と水だけを積んだコントロール不能な小型船で、宇宙空間へ放出する。

「よかろう」

ライがもう一度指を鳴らす。ドアが開き、黒尽《ず》くめの男たちが入ってきた。

「小型船に三日ぶんの酸素と食料と水を用意しろ。その船にこの男を乗せるんだ」

「了解」

男たちがユイの腕を取り、連行する。ユイはまだ笑っていた。

「軍はBISと完全に結びついた。巨大な力を獲得したんだ。おまえたちがどう騒ごうと、かないっこねえさ。おれはずっとヴィヴァーチェII号の位置を報告していた。目的地もな。ここだって、すぐに知れるさ。軍の戦闘機がわんさかおしかけてくるぜ」

「なるほどな。そういうわけか」

スオウが舌打ちをする。

「地球を出発して間もなく襲ってきた軍の戦闘機、あれは芝居だったわけだな。おまえをヴィヴァーチェのクルーだと信じ込ませるための三文芝居か」

ヤンは立ち上がり、スオウをそしてライを見た。

「そうか。司令官側のほんとうの目的はウラ王女ではなく、バシミカル・ライの抹殺だったのか。敵に回せばもっとも厄介な存在の居場所をつきとめ抹殺すること……」

「ヴァンあたりの入れ知恵だろうぜ。おれが、海賊となりBISの貨物船を襲ったことで、おれを敵とみなしたわけだ」

「ははは、みんな死ぬのさ。助かる者なんて、誰もいない」

ユイの笑いがこだまする。

「馬鹿野郎。船乗りの魂を忘れちまって……。ユイ、なぜ、おれはおまえのことを……信じていたのに。おれは……」

「地上に帰ったら、軍の幹部にとりたててくれるんだ」

ユイの口元が曲がる。涙がこぼれる。

「地位も名誉も金も全て手に入るんだよ。おれは、だから、おれは……タニ船長、おれは……すまない。許してくれ、船長」

男たちに引きずられながら、ユイは何度も振り返り、泣いた。タニも泣いていた。

無言のまま、涙だけを落とす。

「馬鹿な男だ。あの司令官やヴァンが約束など守るものか」

ライが独り言《ご》つ。

ヤンはユイの消えたドアに目を向けられなかった。

教えてやるよ、ヤン。おれの知っている技術を全部、教えてやる。

あの一言、あの言葉に嘘はなかった。

ユイがいなければ、ヴィヴァーチェには乗れなかった。技術も心構えも何一つ知らないままだった。

紛れもなく恩人だったのだ。

ユイさん。

「感傷にひたってる暇はないぞ。あの男のいうとおり、ここにシマフクロウの大群がやってくる可能性は大いにある」

ライがくるりと腕を回した。

ヤンはライの後ろ、フールココを見詰める。

「あなたが、バシミカル・ライなのか」

ヤンの一言に、タニとスオウが身を半転させた。フールココに向かい合う。

「ヤン、何を言っている？」

タニが目をこすった。

「いえ、ここについてからずっと感じていたんです。ここは惑星でもステーションでもない。生命体じゃないかって」

「生命体？」

「そうです。フールココというのはもしかしたら、宇宙に浮かぶ巨大な生命体なのではないですか。人の思考、思念を形にできる生命体。ヴィヴァーチェを脱出したバシミカル・ライは、フールココによって助け出された」

タニとスオウが顔を見合わせる。

「いや、バシミカル・ライは瀕死《ひんし》の状態だった。とうてい助からない状況だった。ただ、肉体は瀕死でもライとしての心は生きていた。フールココはそれを全て受け取り、その心をもとに長い時間をかけてバシミカル・ライの肉体とヴィヴァーチェを再生させた。だから、今、ぼくらの目の前にいるあなたは、フールココの創り出したものだ。ただ、心は……バシミカル・ライの心はフールココの奥深く、フールココと一体となって生きている。この生命体こそはフールココであり、バシミカル・ライそのもの。だからあなたは若いままでいられる……」

夢物語のようだ。

馬鹿馬鹿しい夢想のようだ。

自分でもそう思う。けれど、これしか真実は無いようにも思える。

「もし、そうなら、どうするね」

ライが薄く笑んだ。

「フールココの力を借りて、妹の記憶を呼び覚ますか」

「やはり聞いていたのですね。ここにいる限り、心の内も秘密の囁《ささや》きも全てあなたは知ってしまう」

「ヤン、質問に答えろ」

「ナコはだいじょうぶです。誰の力を借りなくても、自分で自分の記憶を取り戻す。強い子なんですよ。見た目の何倍もね」

ライの顔から薄笑いが消える。

「そうか。強いのか」

「ええ」

ライがゆっくりと息を吐き出した。

「おれは戦う。地上の仲間といっしょにな。その戦いが終わったら海賊としてヴィヴァーチェと生きる。どんな姿をしていようと、おれはバシミカル・ライだ」

「ええ」

そのとおりだ。

ヤンは手を伸ばし、ヴィヴァーチェに触れた。

「地球に帰りますか、ライ」

「帰る」

地球。あの青く美しい惑星に帰る。

過酷な戦いが待つ場所へ帰る。

ナコと共に。そして、

「スオウ、一緒に戦ってくれるな」

「ああ。それもいいだろう」

スオウが微笑んだ。

ヴィヴァーチェ。美しい紅の鱏よ。

おまえを戦闘機ではなく、貨物船として縦横に宇宙を航海させる。それが、ぼくの戦いだ。

いつか、必ず。必ず。

紅色のヴィヴァーチェが二機、飛び立つそのときを待っている。

了

本書は二〇一〇年二月に小社より刊行された単行本『ヴィヴァーチェII　漆黒の狙撃手』の一部に、「小説屋sari-sari」二〇一二年五月号〜二〇一三年三月号まで掲載された「ヴィヴァーチェ」を加え、加筆・修正し、文庫化したものです。

ヴィヴァーチェ　宇宙《そら》へ地球《ちきゅう》へ

あさのあつこ

角川文庫 17861

平成二十五年三月二十五日　初版発行

発行者―井上伸一郎
発行所―株式会社角川書店
東京都千代田区富士見二―十三―三
電話・編集（〇三）三二三八―八五五五
〒一〇二―八〇七八
発売元―株式会社角川グループパブリッシング
東京都千代田区富士見二―十三―三
電話・営業（〇三）三二三八―八五二一
〒一〇二―八一七七
http://www.kadokawa.co.jp

印刷所―旭印刷　製本所―BBC
装幀者―杉浦康平

定価はカバーに明記してあります。

あ 42-11　ISBN978-4-04-100647-4　C0193

角川文庫発刊に際して

角川源義

第二次世界大戦の敗北は、軍事力の敗北であった以上に、私たちの若い文化力の敗退であった。私たちの文化が戦争に対して如何に無力であり、単なるあだ花に過ぎなかったかを、私たちは身を以て体験し痛感した。西洋近代文化の摂取にとって、明治以後八十年の歳月は決して短かすぎたとは言えない。にもかかわらず、近代文化の伝統を確立し、自由な批判と柔軟な良識に富む文化層として自らを形成することに私たちは失敗して来た。そしてこれは、各層への文化の普及滲透を任務とする出版人の責任でもあった。

一九四五年以来、私たちは再び振出しに戻り、第一歩から踏み出すことを余儀なくされた。これは大きな不幸ではあるが、反面、これまでの混沌・未熟・歪曲の中にあった我が国の文化に秩序と確たる基礎を齎らすためには絶好の機会でもある。角川書店は、このような祖国の文化的危機にあたり、微力をも顧みず再建の礎石たるべき抱負と決意とをもって出発したが、ここに創立以来の念願を果すべく角川文庫を発刊する。これまで刊行されたあらゆる全集叢書文庫類の長所と短所とを検討し、古今東西の不朽の典籍を、良心的編集のもとに、廉価に、そして書架にふさわしい美本として、多くのひとびとに提供しようとする。しかし私たちは徒らに百科全書的な知識のジレッタントを作ることを目的とせず、あくまで祖国の文化に秩序と再建への道を示し、この文庫を角川書店の栄ある事業として、今後永久に継続発展せしめ、学芸と教養との殿堂として大成せんことを期したい。多くの読書子の愛情ある忠言と支持とによって、この希望と抱負とを完遂せしめられんことを願う。

一九四九年五月三日

角川文庫ベストセラー

きみが見つける物語　十代のための新名作　スクール編

編／角川文庫編集部

小説には、毎日を輝かせる鍵がある。読者と選んだ好評アンソロジーシリーズ。スクール編には、あさのあつこ、恩田陸、加納朋子、北村薫、豊島ミホ、はやみねかおる、村上春樹の短編を収録。

きみが見つける物語　十代のための新名作　放課後編

編／角川文庫編集部

学校から一歩足を踏み出せば、そこには日常のささやかな謎や冒険が待ち受けている——。読者と選んだ好評アンソロジーシリーズ。放課後編には、浅田次郎、石田衣良、橋本紡、星新一、宮部みゆきの短編を収録。

きみが見つける物語　十代のための新名作　休日編

編／角川文庫編集部

とびっきりの解放感で校門を飛び出す。この瞬間は嫌なこともすべて忘れて……読者と選んだ好評アンソロジーシリーズ。休日編には角田光代、恒川光太郎、万城目学、森絵都、米澤穂信の傑作短編を収録。

きみが見つける物語　十代のための新名作　友情編

編／角川文庫編集部

ちょっとしたきっかけで近づいたり、大嫌いになったり。友達、親友、ライバル——。読者と選んだ好評アンソロジー。友情編には、坂木司、佐藤多佳子、重松清、朱川湊人、よしもとばななの傑作短編を収録。

きみが見つける物語　十代のための新名作　恋愛編

編／角川文庫編集部

はじめて味わう胸の高鳴り、つないだ手。甘くて苦かった初恋——。読者と選んだ好評アンソロジーシリーズ。恋愛編には、有川浩、乙一、梨屋アリエ、東野圭吾、山田悠介の傑作短編を収録。

角川文庫ベストセラー

きみが見つける物語
十代のための新名作　こわ〜い話編
編／角川文庫編集部

放課後誰もいなくなった教室、夜中の肝試し。都市伝説や怪談——。こわ〜い話編には、赤川次郎、江戸川乱歩、乙一、雀野日名子、高橋克彦、山田悠介の短編を収録。

きみが見つける物語
十代のための新名作　不思議な話編
編／角川文庫編集部

いつもの通学路にも、寄り道先の本屋さんにも、見渡してみればきっと不思議が隠れてる。読者と選んだ好評アンソロジー。不思議な話編には、いしいしんじ、大崎梢、宗田理、筒井康隆、三崎亜記の傑作短編を収録。

きみが見つける物語
十代のための新名作　切ない話編
編／角川文庫編集部

たとえば誰かを好きになったとき。心が締めつけられるように痛むのはどうして？　読者と選んだ好評アンソロジー。切ない話編には、小川洋子、荻原浩、加納朋子、川島誠、志賀直哉、山本幸久の傑作短編を収録。

きみが見つける物語
十代のための新名作　オトナの話編
編／角川文庫編集部

大人になったきみの姿がきっとみつかる、がんばる大人の物語。読者と選んだ好評アンソロジーシリーズ。オトナの話編には、大崎善生、奥田英朗、原田宗典、森絵都、山本文緒の傑作短編を収録。

Another　(上)(下)
綾辻行人

1998年春、夜見山北中学に転校してきた榊原恒一は、何かに怯えているようなクラスの空気に違和感を覚える。そして起こり始める、恐るべき死の連鎖！　名手・綾辻行人の新たな代表作となった本格ホラー。

角川文庫ベストセラー

不思議の扉　時をかける恋

編／大森　望

不思議な味わいの作品を集めたアンソロジー。ひとたび眠るといつ目覚めるかわからない彼女との一瞬の再会を待つ恋……梶尾真治、恩田陸、乙一、貴子潤一郎、太宰治、ジャック・フィニイの傑作短編を収録。

不思議の扉　時間がいっぱい

編／大森　望

同じ時間が何度も繰り返すとしたら？　時間を超えて追いかけてくる女がいたら？　筒井康隆、大槻ケンヂ、牧野修、谷川流、星新一、大井三重子、フィッツジェラルド描く、時間にまつわる奇想天外な物語！

不思議の扉　ありえない恋

編／大森　望

庭のサルスベリが恋したり、愛する妻が鳥になったり、腕だけに愛情を寄せたり。梨木香歩、椎名誠、川上弘美、シオドア・スタージョン、三崎亜記、小林泰三、万城目学、川端康成が、究極の愛に挑む！

不思議の扉　午後の教室

編／大森　望

学校には不思議な話がつまっています。湊かなえ、古橋秀之、森見登美彦、有川浩、小松左京、平山夢明、ジョー・ヒル、芥川龍之介……人気作家たちの書籍初収録作や不朽の名作を含む短編小説集！

RDG　レッドデータガール　はじめてのお使い

荻　原　規　子

世界遺産の熊野、玉倉山の神社で泉水子は学校と家の往復だけで育つ。高校は幼なじみの深行と東京の鳳城学園への入学を決められ、修学旅行先の東京で姫神という謎の存在が現れる。現代ファンタジー最高傑作！